三國疑雲

卷14

三英爭功

水的龍翔 著

目錄

第一章

直搗黃龍

「出發！」一千五百名士兵全部朝山下走去。

高飛制定了直搗黃龍的計畫，專門打擊敵軍的指揮中心，只要將敵軍指揮大軍的主將俘虜了，就可以用來要脅敵人。

前幾天的宿雪還沒消融，映著月光，白皚皚的照得聚義廳前那片廣場如同白晝一般，夜來的朔風又把這滿地的殘雪吹凍了，踏上去只是簌簌地作響。

半輪冷月在幾片稀鬆的凍雲中間浮動，斷斷續續的白色碎雲，幻化出一道河川，飄在深藍的夜空中。

夜空下，是黑白分明的定軍山，以山腰為界，山腰下面是被燒焦的黑色，山腰上面則是白色的積雪。

定軍山下面，層層的魏軍將唯一一條進出的道路堵得死死的。定軍山上，死一般的寂靜，除了寥寥的點點火光之外，再也沒有其他的東西了。

定軍山的山寨內，高飛聚集了一千五百名將士，一千名飛羽軍，五百名敢死之士，所有的人全部整齊地站在那裡，每個人的臉上都是視死如歸的表情。

高飛抱著一罈酒，環視眾將一圈後，說道：「今夜，很多人可能會有去無回，朕只想問你們一句，你們怕死嗎？」

「不怕！」一千五百名將士齊聲高呼道。

「好樣的，不愧是我華夏國的大好男兒。今夜如果不能成功，我軍必將陷入萬劫不復之地，山下魏軍足足有五萬多人，又將進出山口的地方圍得死死的，不管有多麼的艱難，我們都要給敵軍最為致命的一擊，只有如此，我軍才能存活下去。話不多說了，現在我用這僅存的一罈子酒，為你們踐行！」

說著，高飛先喝了一口，然後將酒罈遞給張任。

張任也喝了一口後交給卞喜，卞喜用嘴沾了下酒，再遞給旁邊的人。

一罈酒，一千五百人肯定不夠喝，每個人都是象徵性的沾一下酒，接著便傳給下一個人。等到一千五百人全部傳完了之後，酒罈子裡的酒居然還剩下半罈子。

「啪！」

一聲脆響，最後一個人在咕咚咕咚喝了一個過癮後，便將酒罈子摔得粉碎。

「出發！」

高飛一聲令下，一千五百名士兵全部朝山下走去。

高飛制定了直搗黃龍的計畫，專門打擊敵軍的指揮中心，只要將敵軍指揮大軍的主將俘虜了，就可以用來要脅敵人。

按照作戰計畫，首先是高沛率領五百敢死之士正面從魏軍那裡進行攻擊，而高飛則在山上為之回應，率眾下山，吸引魏軍的視線。

張任、卞喜、楊懷三人率領一千名假扮成魏軍的飛羽軍，趁亂溜進魏軍大營裡，直撲中軍大帳，去將魏軍的神機軍師龐統給抓起來，借此要脅魏軍。如果此

計畫成功，高飛就能解一時之困。

入夜後，魏軍大營裡除了巡邏的隊伍以外，其餘的人大多都鑽入了被窩，進出定軍山的山道已經被牢牢堵住了，魏軍有恃無恐。

子夜時分，高沛等五百名敢死之士紛紛披著一層厚厚的戰甲，手中拿著鋼刀，悄悄地摸到了山腳下，依靠亂石叢生的地勢來隱蔽自己。

高沛其貌不揚，嘴唇遮蓋不住他的兩顆大門牙，露在外面，像是一隻兔子。不過，他為人也像兔子一樣，很狡猾。

他潛伏在一個岩石的後面，看到前方不遠的地方便是魏軍的將士，目光犀利的他注視著每一個人，在目測敵軍和己方距離以及敵軍巡邏的規律之後，便蹲下身子，對身邊的人打了幾個手勢，示意他們該如何做。

這些敢死之士立刻明白高沛的意思，當即按照高沛的指揮分散開來，每一百人為一隊，趁著巡邏隊伍之間所產生的時間差，一點一點的接近魏軍的防守地段。

半個時辰後，這夥人便接近了離魏軍只有三十米遠的地方，整個行動都沒有被人發現。

此時，高沛模仿著貓頭鷹的叫聲，給五百敢死之士發信號。

隨著貓頭鷹的叫聲一起，五百敢死之士紛紛用手中的連弩朝不同方位射擊，先將那些巡邏的魏軍明哨幹掉。黑暗中射出去的利箭直接射穿敵軍的脖頸，讓那些士兵叫都叫不出來。

「高沛是個將才，不愧是川中名將。」拿著望遠鏡在遠處觀望的高飛看到後，大讚道。

「那也是託皇上的福，高沛和皇上一個姓，五百年前是一家，之所以有如此能力，還不是皇上的祖上遺傳下來的嘛？」孟達聽後，大拍馬屁道。

高飛冷眼看了孟達一眼，譏刺道：「馬屁拍得倒是不錯，就是不知道帶兵打仗如何？」

孟達見馬屁拍在了馬蹄子上，尷尬地笑了笑道：「一會兒我必然會讓皇上看見我的能力，高沛雖然是川中名將，我孟達也絕非無能之輩。」

「很好，一會兒朕要親眼看看你是怎麼樣上陣殺敵的。」高飛道。

孟達點點頭，心道：「一會兒我一定要好好表現，這可是最佳的立功機會了。」

前線，高沛解決了魏軍的巡邏隊伍，也不再隱藏，迅速地朝營中衝了過去。

這時，站在箭樓上的士兵看到後，立刻敲響警報，鑼鼓喧天的喊著：

「敵襲！敵襲！敵襲……」

高沛等人就讓那士兵盡情的喊著，等到整座營壘中的魏軍都動了起來，便一箭將箭樓上的士兵給射翻下來。

這時，魏軍的營壘中，士兵們紛紛從營帳中走出來，有的衣衫不整，有的連武器都沒有拿，一出大帳，外面的寒風直令他們冷得刺骨。

高沛等人迅速展開行動，分兵五路，朝營壘的深處殺了過去。

冰冷的刀鋒劃過敵軍的脖子，滾燙的鮮血順著刀刃流淌下來，這邊鮮血還沒流完，那邊刀鋒便又落在另外一個士兵的身上。

索隆正在大帳中熟睡，聽到一陣鑼鼓喧天的聲音，急忙披甲拿刀，剛掀開大帳的簾子，便看到前營已經亂作一團了，急忙問道：「什麼情況？」

「啟稟將軍，敵人突然發動襲擊。」

「有多少人？」

「五百人。」

「區區五百人有何懼哉？我軍足有五萬多人，一人吐一口唾沫也能將他們淹死。傳我將令，所有人積極備戰，任何人不得擅自後退！」索隆令道。

「諾！」

說完，索隆便騎上戰馬，召集中軍的護衛騎兵，朝前方殺了過去。

高沛等人的突然襲擊，最初讓魏軍有些措手不及，可是當魏軍看到來的兵只有五百人，便掉以輕心起來，認為自己兵多，無論如何都能戰勝。

殊不知驕兵必敗的道理，魏軍漫不經心的迎戰態度，在抱著必死之心的華夏軍的衝刺下，立時吃了不少苦頭，負責堵住要道的營壘整個大亂起來。

「好樣的！立刻吹衝鋒號，全軍出擊！」

高飛瞅準時機，看到高沛已經將山下的營壘給攪得亂成一鍋粥一樣，立即下令道。

嗚咽的號角聲立刻吹響了，悠揚而又深遠，劃破天際，傳出好遠好遠。

緊接著，孟達第一個衝了出去，大喊道：「殺啊！」

其餘的士兵緊隨其後，紛紛向山下趕去，高飛也抽出鋼劍，在亂石叢生的山道上跳躍著向山下奔去。

龐統在魏軍最中間的一個營壘裡，忽然聽到華夏軍的衝鋒號響起，立刻從夢中驚醒，急忙穿上衣服，走出大帳後，看到索隆那裡混亂不堪，華夏軍似乎對索

隆發起了猛攻，即刻下令道：

「讓索倫、吳懿的左營和右營去救援索隆的前營，無論如何都要抵擋住華夏軍的這次襲擊。」

索隆所在的前營被高沛帶領的五百敢死之士攪亂的不成樣子，五百人起初以每一百人向不同的方向猛衝，隨後又各自分開成五十人一隊，無畏生死，只有向前猛衝。

這邊索隆還沒有把高沛等人完全殲滅，那邊孟達率領三千士兵緊接著從定軍山上衝了下來，隨後高飛指揮剩餘的八千將士如同滔滔巨浪一般向山下壓來，負責堵住進山要道的前營營壘頓時被衝垮。

看到華夏軍同仇敵愾，如同潮水般湧來，魏軍抵擋不住，只好向後退卻。索隆斬殺了幾個後退的小將，可是依然止不住這股潮流，反倒是被後退的士兵衝垮了自己的陣線，無奈之下，只好全線潰退。

與此同時，張任、楊懷、卞喜率領著一千名偽裝成魏軍的飛羽軍乘亂深入，和魏軍融為一體，一直朝後面大叫著：「魏軍敗了……魏軍敗了……魏軍敗了……」

叫聲一起，所有的魏軍都信以為真，原先還有一些抵擋的心思，現在全部付諸東流，一去不返。

兵敗如山倒，前營只抵抗了一小會兒，便宣告潰散了。

吳懿、索倫帶領著左右兩翼的士兵前來增援，卻被前營退下來的士兵給攪亂，堵不住這股後退的洪流，遠遠地望見華夏軍鋪天蓋地般的滾滾而來，魏軍卻拼命的逃命，反倒將左右兩翼的士兵給捲入了這股洪流裡面。

「魏軍敗了……大家快逃命啊……」

張任帶著穿著魏軍衣服的飛羽軍拼命的向後退，一邊喊道，遇到擋路的人，便揚起手中的快刀直接斬殺。

吳懿勒住馬匹，讓士兵嚴陣以待，無意間看到張任在斬殺魏軍，不禁一怔，急忙喚來弟弟吳班，指著張任說道：「那個可是張任？」

吳班仔細看去，心中也是一驚，忙道：「兄長，正是張將軍！」

「張任沒死？」吳懿看到張任身後跟著一群人，心中狐疑道。

「兄長，現在該怎麼辦？是幫張任還是幫魏軍？」吳班問道。

「我等是被迫投降，並非真心，張任如此做法，定然是投靠了華夏軍……可是，周圍皆是魏軍，我等不可造次，不然的話，必然會橫屍當場，且假意抵抗，

放他過去便是。」吳懿想了想道。

「兄長，我明白了。」吳班點點頭，當即傳令去了。

右軍的索倫看見張任等人一番叫囂著從前面退了下來，很是憤怒，因為正是張任帶的那股人在攪亂整個魏軍。

索倫瞅見後，帶著五百騎兵便朝張任那裡趕去，堵住張任，手中大刀向前一橫，大聲道：「都給我回去，敢後退一步者，殺無赦。」

「格老子的，擋路者死！」張任手中提著一根聖鷹銀槍，話音剛剛喊出，冷不丁的一槍便朝索倫刺了過去。

索倫大吃一驚，還來不及回擋，喉嚨便被刺穿了，被張任一槍挑下馬，張任自己則翻身騎上了馬背。

索倫身後的魏軍都大吃一驚，紛紛抽出兵刃砍殺張任，豈料不等他們動彈起來，飛羽軍的將士早已將他們給包圍起來。

此刻兵刃齊出，將五百名騎兵全部斬殺在馬上，再將屍體拉下馬，換自己騎了上去，整個過程只在一瞬間。

「將軍，是吳班！」

楊懷剛騎上馬背，便見吳班帶著大約五百騎兵奔馳而來，急忙對張任叫道：「他一定是認出我們來了，我去殺了這狗賊……」

張任看了眼吳班，見吳班並無惡意，便道：「且慢，吳班終究是蜀漢之臣，歸附魏軍也是不得已而為之，我們同殿為臣多年，吳班必然不會造次，何況其兄吳懿又是深明大義之人，必然不會做出違背良心之事……」

正說話間，吳班率領五百騎兵突然奔至，然後假裝馬失前蹄，從馬背上跌下來，身後的百餘名親隨紛紛效仿，一時間人仰馬翻。

張任心中一驚，認為這是吳班給的信號，當即下令朝吳班身後那些沒倒下的騎兵一陣亂射，而吳班等人也趁勢掩殺，將身後的四百魏軍全部斬殺。

這時，吳懿率領親隨兩千馬步軍將這裡團團圍住，遮擋住外圍的視線，吳班趁機溜進張任身旁，道：「正南方向兩里便是中軍大營，魏軍勢大，我和兄長只有兩千親軍，不敢造次，還望張將軍見諒，用這些馬匹助張將軍斬獲奇功，我兄弟二人在魏軍中，待日後再響應張將軍。」

張任聽了，絲毫沒有遲疑，相信這是吳懿、吳班的真心話，當即令道：「全軍上馬。」

「將軍，李嚴仍在中軍當中，將軍需多加小心。」吳班提醒道。

張任、楊懷、卞喜等一千飛羽軍將士全部上馬，調轉馬頭，朝中軍方向奔馳而去，吳懿則下令士兵讓開一條道路，假意抵擋不住。

當張任經過吳懿的面前時，兩人四目相對，目光中迸發出些許火花，雖然只一瞬間，但是張任心中堅信，光復蜀地，掃除魏軍指日可待。

高沛、孟達衝鋒在前，高飛指揮大軍緊隨其後，趕走魏軍之後，高飛迅速派兵搶占營壘，然後留下兩千士兵守住營壘，自己則率領六千士兵乘勢而進。

龐統、李嚴正在中軍當中，看到有一股魏軍當先從前面退了出去，夜黑難辨，混亂中也無人看見剛才吳懿、吳班與張任的那一幕，更沒有瞅見索倫等人已經被殺，因為在他們的眼中，只看到前方不同裝束打扮的華夏軍，卻沒有注意到一樣打扮的魏軍。

張任、楊懷、卞喜橫衝直撞，所有擋路之人盡皆斬殺，飛羽軍各個神勇異常，加上魏軍對自己人沒有防備，忽見自己人舉起屠刀，來不及防禦便死在了刀下。

中軍大營守衛異常嚴密，李嚴是川中屈指可數的將才，與張任齊名，雖然武藝不及張任，但是用兵打仗卻很老道。前方一片混亂，中間營寨卻嚴陣以待，所有士兵都躲在營寨裡面，弓弩手遍布營寨四處，一旦發現異常，不管是誰，都予以射殺。

李嚴站在望樓上，看見張任等人從混亂當中殺了出來，張任手中提著的一桿聖鷹銀槍更是寒光閃閃，心中一驚，當即令道：「全軍聽令，不管任何人靠近營寨的射程範圍內，全部予以射殺！」

命令一經下達，魏軍的將士不禁感到十分驚訝，一個都尉在望樓下面對李嚴說道：「將軍，那都是我們的人啊……」

李嚴以前在劉璋帳下，不過是個雜牌將軍，投降魏軍後，曹操對他委以重任，封他為後將軍，他對曹操感恩戴德，決定好好為曹操效勞。聽到手下的士兵不聽自己的話，當即怒道：

「格老子的，你個龜兒子快點按照老子說的去做，那夥人是假扮的魏軍，快點予以射殺！」

「將軍，這個……」

「照李將軍的話去做，不管是誰，凡是靠近大營者，全部予以射殺！」龐統突然從營寨中走了出去，他的話就是命令，任何人不得違抗。

「諾！」

這時，這些將士們才開始積極調集弓箭手到寨門前面來，看到張任等人騎著馬快速衝了過來，紛紛拉起了弓弦。

「先射座下戰馬！」李嚴在望樓上大聲叫著，同時拔出腰中佩劍，吼道：「放箭！」

一時間，弓弩齊發，箭陣連連，朝著張任等人的座下戰馬射了過去。

「希律律……」

一聲聲的戰馬嘶喊，衝在最前面的戰馬都身中數十支箭矢，突然間轟然倒地，將張任等人從馬背上跌了下來。

這時，箭陣紛紛朝著張任等人射去，密集如雨，張任揮動著聖鷹銀槍，撥開箭簇，但是密集的箭矢還是有一兩支射到了他的臂膀和大腿上。

「啊……」

張任慘叫一聲，當即倒在地上，楊懷見狀，急忙朝張任那裡撲了過去，背起張任便朝後面跑。

卞喜等人則勒住馬匹，不再向前，只這一瞬間，飛羽軍的將士便死去了十幾個人。

「格老子的，這個李嚴實在太可惡了，居然甘心為曹操老賊賣命！」張任被楊懷給背了回來，不住地罵道。

「擂鼓！」龐統見狀，急忙對營中將士喊道。

魏軍擂響了戰鼓，戰鼓隆隆，傳令所有的魏軍到中軍集結，吳懿、吳班以及索倫所部的將士們紛紛後退，反將張任、楊懷、卞喜等九百多飛羽軍將士全部包圍了起來。

「殺！」龐統親自登上瞭望樓，揮動著手中的傳令旗，大聲地叫道。

命令一經下達，李嚴親自領兵，帶著魏軍五千將士從營寨中殺了出來，吳懿、吳班在龐統的注視下，也只好以大兵進攻，索倫所部也開始進攻，一時間如潮水般的魏軍將士全部朝著張任、楊懷、卞喜等人湧了過去。

「砰！」

一聲巨響，兩軍短兵相接，直接衝撞在一起，開始混戰。

張任見狀，當即拔出箭矢，立刻鮮血如注，但是他還是舉起聖鷹銀槍與魏軍交戰。

楊懷護衛在張任身旁，其餘飛羽軍將士也個個悍勇，雖然處在被包圍的險境之中，卻並不驚慌，目光中透著惡狼一般的凶殘眼神，手中兵刃不斷揮出，砍翻一個又一個敵人，無不以一當百。

卞喜身輕如燕，趁亂鑽入魏軍當中，之後便不知去向了。

索隆帶著前營的兵馬被高沛、孟達追殺得像狗一樣，且戰且退，卻抵擋不住華夏軍的攻勢。高飛率領六千將士在後面，用連弩不停地朝前方射擊，索隆的部下都被絞殺的差不多了。

中軍大營裡，龐統見狀，忽然想起曹操派人運來的秘密武器，當即對部下說道：「將所有的炸藥全部運到這裡來，快去！」

不多時，炸藥全部給搬到龐統的面前，龐統下令道：「瞅準那撥人，給我扔過去炸死他們！」

士兵皆驚，登時道：「大人，那裡可有我們的人……」

「這撥人都是華夏軍的精兵，無不以一當百，寧可錯殺我軍十個將士，也不可放過一個，這是戰爭，戰爭難免有傷亡！給我炸！炸死他們！」龐統目光中透著殺機道。

士兵們不敢違抗，當即照龐統的意思去做，紛紛將炸藥綁在巨弩車上，然後點燃炸藥，用弩箭將炸藥射出去。

一瞬間，十台巨弩車射出炸藥，飛羽軍的將士們正在廝殺，突然看到巨大的弩箭落下來，上面還綁著炸藥包，登時叫道：「散開！」

飛羽軍根本無需人來指揮，因為所有的人都是優秀的指揮員，洞察敵機，作戰勇猛，一聽到有人喊出危險的信號，立刻向四處散開，登時化整為零。

「轟！轟！轟……」一聲聲巨大的爆炸聲響了起來，炸死了五六個飛羽軍的將士，但是魏軍的將士卻被炸死的更多。

爆炸聲一起，遠在前面的高飛聽到後，感到心頭一震，**這玩意是自己弄出來的，現在居然落到了魏軍的手裡，反過來對付自己，真是可笑至極。**

同時，高飛也感到了危險，立刻下令道：「所有將士全部朝著一個方向衝，救出那些被圍困的兄弟！」

飛羽軍可謂是華夏軍最為精銳的一支部隊，也是高飛親自打造的，耗費了五年時間，絕不容有任何閃失。

龐統看到原本聚集在一起的飛羽軍突然散開，頓時消失得無所遁形，他們穿著魏軍的衣服，和魏軍混在一起，像是突然從人間蒸發了一樣，留下一地的魏軍將士站在那裡一陣迷茫，不知所措。

於是，炸藥基本上失去了效果，即使龐統不惜以十個人換飛羽軍一個人，但是現在根本找不到飛羽軍的人，胡亂的轟炸一番，損失最多的只能是自己的士兵。

但是，張任、楊懷卻被死死地盯著，李嚴認識張任、楊懷，指揮士兵對張

任、楊懷團團包圍住。

「殺死他！」李嚴狂叫著，眼中充滿了戾氣。

魏軍不斷地搜尋飛羽軍，可是大家面孔都一樣，衣服也一樣，根本無跡可尋。

飛羽軍遵循**化整為零**的策略，穿梭在魏軍當中，只要不說話，不殺人，魏軍幾乎不知道他們在什麼地方。

飛羽軍就近抓著一兩個魏軍便大聲喊道：「他們是敵人！」

聲音一落，舉刀便殺，其餘的魏軍不知所措，當即也跟著一陣斬殺。一時間，「他們是敵人」的喊聲不斷響起，萬餘名魏軍將士被搞得暈頭轉向，根本搞不清到底誰才是真正的敵人。但是魏軍已經被斬殺了兩千七百多人。

龐統見狀，皺起了眉頭，到底誰是魏軍，誰是華夏軍，這個一定要分清楚。他眺望著遠處，索隆所部的五千人已經全線潰敗下來，華夏軍在後面狂追不捨，如果不趕快找出誰才是真正的華夏軍，只怕這樣下去，魏軍雖有百萬之眾，也不夠他們攪亂的。

龐統急中生智，大叫道：「擊鼓！下令所有將士全部脫下頭盔！」

「諾！」

隨著鼓聲響起，魏軍將士紛紛脫去頭上佩戴的頭盔，一瞬間，幾乎所有的人全部脫去了頭盔。飛羽軍並非笨蛋，有樣學樣。

眾人互相觀看，沒有見到任何可疑之人，除了被包圍的張任、楊懷仍在苦戰。

龐統見狀，一陣頭疼，這樣根本無法分辨，他一策不成，又生出一策，當即下令斬殺張任和楊懷，所有士兵全部退後，空出一片場地，然後用弓弩射張任和楊懷。

「放箭！」龐統揮動令旗，大聲喊道。

喊聲一落，營寨外面的弓弩手紛紛朝張任、楊懷拉開了弓弩，正準備射箭的時候，突然一批魏軍盡數將弓弩手給斬殺了，飛羽軍立刻顯露出來，無所遁形。

「殺死他們！」龐統大聲叫道。

飛羽軍救出張任、楊懷後，便分成許多股，朝不同方向鑽去，與魏軍奮戰在一起。

正在交戰激烈的時候，魏軍忽然後營起火，火勢迅速地蔓延開來，火光當中，一銀甲將軍手持長槍，率眾衝殺過來，搶奪下魏軍後營駐守軍隊的馬匹，帶

著身後作戰勇猛的彷彿獵戶一般打扮的人，趁亂殺了出來。

後軍大火一起，前營的高飛立刻瞅準時機，大聲地叫道：「全軍衝上去，一定要打敗魏軍！」

後軍火起，並不在龐統的意料當中，前營潰散，左營、右營、中營又在這裡絞殺飛羽軍，整個魏軍大營全部混亂不堪。

龐統回頭看去，**但見一個銀甲騎兵率眾衝殺而來，那身盔甲，那模糊的面容，不是趙雲，還能是誰?!**

「這怎麼可能？他怎麼可能還沒有死？而且帶的這撥人又是從哪裡來的？」龐統的心中一陣驚詫。

「大人，後營火起，忽然出現一夥賊人，我軍被殺得措手不及。」一個穿著魏軍衣服的人跑了上來，低頭抱拳說道。

「傳令下去，分一部人人去後營迎……」龐統急忙喊道。

忽然，這個前來報信的人直接拔出了腰中的一把匕首，一道殘影掠過，冰冷的刀鋒冷不丁的架在了龐統的脖子上，一個粗壯的胳膊將龐統緊緊地勒住，正是卞喜。

龐統吃了一驚，他的目光正注視著整個戰場，絲毫沒有注意到卞喜是怎麼到來這裡的，又是怎麼出現在自己身邊的。

「別動，動一下，就割斷你的喉嚨，傳令下去，讓所有魏軍全部放下兵器！」卞喜威嚇道。

龐統周圍的親兵看後，剛要動彈，便被卞喜一腳一個踹了下去。

龐統見狀，冷哼一聲道：「你以為挾持我，你們就能獲勝了嗎？大錯特錯，真正的戰爭才剛剛開始而已，你仔細看看你們軍隊的背後……」

卞喜望了過去，但見剛剛攻下的營壘那裡忽然出現了魏軍，火光中，那領頭的人戴著金盔，披著金甲，**那副面孔他永遠都忘不掉，正是曹操**。

他大吃一驚，失聲道：「曹操不是應該去沔陽了嗎？」

龐統笑道：「你以為陛下會放著高飛這個心頭大患不去處理，反而親自去攻打沔陽？沔陽區區一座縣城，一員偏將即可攻取，何勞我們陛下？我勸你還是放了我，我會給你留個全屍的。」

「你閉嘴！」卞喜挾持著龐統，大喊道：「都給我住手，否則的話，我殺了他！」

「噗！」一支羽箭從黑暗中呼嘯而來，直接從腦後射中卞喜的頭顱，卞喜連叫都沒有叫一聲，直接倒了下去。

龐統見卞喜墜下了望樓，轉過身子，朝望樓下面正在挽著弓箭的索緒喊道：「大將軍，謝了！」

索緒嘴角露出一絲笑容，脫去穿在身上的魏軍軍服，喊道：「軍師再次督戰，我去後營壓陣。」

高飛正在指揮部隊向前衝殺，忽然聽聞背後喊殺聲四起，扭頭望去，但見許褚率領虎衛軍當先開道，曹操則是帶著騎兵從背後殺來，突襲剛剛占領不久的壁壘。

壁壘中負責守衛的華夏軍注意力全部集中在前方，曹操的突然出現，殺了他們一個措手不及，更兼許褚等人奮力向前，很快便被衝出了一個口子。

曹操騎在馬背上指揮著身後的騎兵向前奮力拼殺，突如其來的騎兵給予華夏軍致命一擊，兩千名防守在營壘的華夏軍很快被擊潰。

魏軍的鐵騎踐踏著華夏軍的士兵，在魏軍鐵騎面前，華夏軍士兵根本無從抵擋，被分割成十幾個部分。

「糟糕，中了曹阿瞞的奸計了。」

高飛心中一驚，看到這方圓三里前後左右都是魏軍，連進定軍山的道路也被魏軍霸占了，再想奪回來，只怕萬萬不能。

情急之下，高飛只能硬著頭皮向前，避過魏軍的中軍大營，朝起火的後營逃逸，因為他看到在魏軍後營那裡，有一股兵力正在追殺著魏軍，不管是誰，敵人的敵人就是朋友，突然殺出的這幫人，或許能夠對華夏軍有所幫助。

「全軍聽令，目標西北方向，全部衝殺過去！」

高飛唯恐魏軍將自己合圍在這片空曠的土地上，畢竟魏軍的人數眾多，硬拼下去，吃虧的只能是自己。

命令一經下達，傳令兵迅速地用接龍的方式喊話傳道：「皇上有令，全軍朝西北方向撤退……」

同時，軍隊吹響了撤退的號角。

號角聲一起，華夏軍以百人為一隊，全部朝著西北方向退去。

高沛率領的五百敢死之士只剩下一百人不到，迅速集結到一起，見後面曹操率領大批騎兵殺來，快要咬住高飛了，立刻率領部下去接應高飛，和高飛迎面撞上後，喊道：「保護皇上撤退，追兵我自擋之！」

約有五百人受到高沛的感染，紛紛駐足，轉身向後，和高沛組成一個戰陣，橫擋在路中央自願斷後。

高飛見狀，喊道：「高將軍小心！」

這時，飛羽軍救出張任、楊懷，搶奪下許多馬匹，從重圍中殺了出來，急忙趕到高飛的所在之處。飛羽軍將士牽來一匹馬，讓高飛騎上，保護著高飛向西北方向衝去，其餘將士緊緊跟隨其後。

李嚴、吳懿、吳班紛紛帶兵追來，楊懷率領百名飛羽軍的將士當先開道，一通衝殺之後，李嚴抵擋不住，吳懿、吳班追趕並不盡力，讓楊懷殺出了一條血路，帶著高飛、張任等人殺了出去。

缺口一出現，華夏軍的後續部隊紛紛跟上，讓這個缺口越來越大，華夏軍的士兵得以從此處逃脫。

龐統見高飛逃走，急忙調集中軍大營的兵力去追擊，由李嚴帶領，吳懿、吳班緊緊跟隨。

高沛這邊殿後，遇到許褚帶領的虎衛軍，騎兵和步兵之間的差距立刻顯現出來。許褚瞅見高沛後，立刻策馬衝刺，高沛見狀，雙手握刀，刀刃向外，見許褚奔馳而來，當先出刀，向馬背上的許褚砍了過去。

許褚嘴角微微一揚，露出輕蔑的笑容，似乎在嘲笑高沛找錯人了。古月刀雖然刀刃已經被砍捲了，但是仍舊不失為一把寶刀，他將古月刀適時的揮了出去。

「錚！噗！」就在這一瞬間，古月刀隨即在高沛的刀刃上畫了一個圈，之後許褚握住刀柄，直接斜向高沛的頭顱，一刀將高沛的人頭斬下。

這邊高沛人頭落地，那邊許褚身後的虎衛軍便騎著馬快速的衝撞過來，殿後部隊迅速和魏軍的虎衛軍混戰在一起，慘叫聲隨之而起。後面曹操率領大軍殺到。

「陛下，高飛朝西北方向逃了。」許褚稟告道。

「追！務必要在此地將高飛了結了，殺了他，華夏國就會群龍無首，吳國說不定也會趁機分一杯羹。」曹操吼道。

「諾！」

話音落下，騎兵集結在一起，踐踏著高沛等人的屍體，迅速的朝西北方向追去。

第二章

哀兵必勝

「哀兵必勝，朕一定要讓曹操老賊血債血償，朕要為死去的將士們報仇！但是現在，魏軍勢大，我軍兵力太過分散，援軍還未抵達漢中，且在此地養傷，等待時機，再出其不意奪取定軍山，給魏軍一次重擊。」高飛朗聲宣布道。

魏軍的後營處，趙雲率領楊騰等三千飛軍趁機縱火，火勢越來越大，有些魏軍將士被大火燒毀，趙雲持著一桿鐵槍，戴著頂狼皮帽子，在後營裡左衝右突，雖然當胸斷裂了一根肋骨，但是只要不使出全力，不會對他造成什麼影響。

後營的魏軍主將被趙雲一早就殺死了，失去了主將的魏軍在大火中一陣慌亂，任意被趙雲追殺。

忽然，楊騰率領一百騎兵趕了過來，對趙雲道：「恩公，魏軍糧草並不在營中，搜尋了許久，一粒糧食都沒有。」

趙雲聽後，見中軍大營裡守衛森嚴，想必是在中軍大營裡，可是前方華夏軍已經全部朝這裡撤退了，再仔細一看，原來是曹操正率領騎兵追趕著高飛等人，心中一驚，還未來得及發話，便聽楊騰叫道：

「恩公，中軍大營裡出來一股兵力……」

趙雲急忙看了過去，但見魏軍打著「索」字大旗，大纛下面，一名中年戰將頗具威風的帶著馬步軍正朝這邊奔馳而來，沿途將那些從後營逃出去的士兵給收攏聚集在一起，差不多有七八千人。

「來人應該是魏國的大將軍索緒，聽說此人文武兼備，用兵老辣，不好對付，魏軍兵多，我軍兵少，皇上既然已經朝我們這裡撤離，先撇下索緒不管，去接應皇上，將皇上迎入西狼谷。」

「恩公說得極是。」

楊騰本來對魏軍的勢力就很畏懼，見魏軍勢大，也不想讓自己的族人白白送死，此次出征只是想劫掠魏軍的糧草，可惜糧草不在後營，現在華夏軍又兵敗了，自己就更想走了。

於是楊騰當即下令，所有人回撤，跟著趙雲守在要道上，接應高飛等人。

高飛本來在孟達的後面，可是有了馬匹之後，就跑到了孟達的前面，遙見前方的道路上擺開一股兵力，個個都是獵戶打扮，步騎相間，看似雜亂無章。

可是，當先一人的面孔卻讓高飛看了以後興奮異常，警喜道：「子龍！」

趙雲迎上高飛，來不及解釋太多，急忙道：「皇上快走，追兵我自擋之，這位是楊騰，皇上跟著他便可抵達安全地帶。」

高飛見魏軍緊緊追逐，不再猶豫，當即道：「楊懷，率領五百飛羽軍留下，聽候子龍調遣。」

「諾！」楊懷應聲道。

「子龍，保重！」高飛一邊策馬向前，不忘喊道。

「皇上放心，子龍自有分寸。」趙雲抱拳道。

高飛跟楊騰很快便消失在黑暗當中，趙雲橫槍立馬，對楊懷道：「將飛羽軍分成兩列，左右各執連弩，隱藏道路兩邊。」

「諾！」

一聲令下，五百飛羽軍迅速散在道路兩邊，隱藏在黑暗當中。

趙雲指揮後面陸續抵達的華夏軍士兵後撤，約莫過去五六千華夏軍後，魏軍便逼近了。

曹操率領許褚、李嚴、吳懿、吳班從正面過來，索緒領大軍從側面殺來，彙集在一起後，但見前面路上只有趙雲一個人，都驚詫不已，沒想到趙雲從那麼高的地方摔下去，居然安然無恙。

「趙雲沒死？」曹操心中狐疑道：「不可能，從那麼高的地方摔下去……**難道是他的鬼魂回來作祟？**」

曹操止住兵馬，見趙雲一臉鐵青，目光中閃著仇恨的怒火，不禁有些發怵，試探道：「趙將軍，原來你沒死，真是太好了，我派人去找你，一直有去無回，高飛大勢已去，你是一員難得的將領，不如棄暗投明歸順於我，如何？」

「做夢！」趙雲道。

曹操怒道：「朕如此低聲下氣，你居然不領情，今日朕誓要除卻高飛，誰敢攔朕，就算是天帝，我也要予以格殺！趙雲再厲害也終究是一個人，不管他是人是鬼，擋朕路者，統統得死，給我殺！」

曹操當先拔出倚天劍，朝前面一揮，身後的將士無不奮勇向前，朝趙雲衝了過去。

趙雲冷笑一聲，將鐵槍向前一招，左右兩邊弩箭齊發，朝向魏軍射了過去。

曹操見趙雲早有防備，便下令道：「全部給我退回來！」

趙雲見好就收，策馬喊道：「撤退！」

這邊趙雲等人迅速鑽入了黑暗當中，曹操見狀，急忙率軍追擊，認為趙雲無膽，誰知道追逐了一會兒，到了懸崖峭壁那裡，再也尋不見趙雲等人，彷彿像是人間蒸發了一樣。

「留下一千人給我搜，直到搜到華夏軍的人為止！」曹操為沒有抓到高飛感到無比懊惱，憤慨地道。

曹操回到營寨後，龐統已經讓人在打掃戰場了，這一戰，共殲滅華夏軍六千餘人，魏軍損失則達到了八千多人，可謂是旗鼓相當。

曹操悔恨地道：「是朕一時大意，沒想到華夏軍居然敢夜襲營寨，以至於損

兵折將，現在請諸位將軍儘快修正，天亮之後，立刻去尋找華夏軍的下落，那麼多人，不可能一下子全部消失的，就算是掘地三尺，也要把他們給我找出來。」

索緒等人齊聲答道：「諾！」

龐統道：「陛下，兵貴神速，留下三萬兵馬足以對付他們，陛下當率領剩餘的兩萬多將士直接奔赴漢中，相信華夏軍在漢中已經沒有多少兵力了，拿下漢中之後，我軍就有了根基，一來可以阻擋華夏軍從秦州、涼州來的兵馬，二來也可以進退自如。」

曹操聽後，點點頭道：「軍師言之有理，這裡就交給索緒全權處理，軍師隨我去漢中。」

「臣遵命。另外還有一件事需要向陛下表明，華夏國的情報部尚書卞喜已經陣亡，不知道該如何處置？」龐統道。

「卞喜？好歹他也是丕兒的舅舅，魏國曾經的國舅……厚葬他吧，少了他，華夏國的情報部可能就不會運轉的那麼快了，這個斥候頭子也是一時才俊，如果能為朕所用，豈會落得如此下場？」

曹操嘆了口氣，不知道是在憐惜卞喜的才華，還是為自己當初輕易相信了卞喜而感到苦惱。

夜盡天明。

高飛在楊騰的指引下，一路經密道來到了西狼谷，山谷幽深非常，從上面看下去，西狼谷終日籠罩在一團霧氣當中，可是在西狼谷的谷底，卻有著另外一番景色。

狼谷有東西之分，楊騰一族住在西狼谷，而他的弟弟楊飛一族則住在東狼谷，楊氏氐人互相來往，幽深不見底的狼谷中，零零散散的居住著大約五六萬氐人，皆是武都氐人一脈。

自從被羌王徹里吉趕走之後，這夥氐人便定居在此，已經差不多五年了。五年中，氐人以洞穴為家，獵殺狼谷附近的生物，偶爾會奔馳到狼谷外面去搶掠些糧草，攀山越嶺簡直是家常便飯。

不過，氐人從不養馬，因為養馬太消耗糧食，氐人自己都是勉強維持溫飽了，又有什麼能力去養馬呢？他們都圈養一些山裡容易馴養的動物，過著原始部落的生活，谷底雖然有少許土地，卻無法種植農作物，所以狼谷內的氐人只有單一的生活方式。

進入西狼谷後，天色已經大亮，高飛走在前面，抬頭看了看，見天空上方霧

氣籠罩，根本看不見天空上方是什麼，只有正午時分的時候才有少許陽光。

「皇上，您裡面請！」

楊騰將高飛帶到了狼谷內的一間大房子裡，裡面擺放的很是簡陋，他一臉笑意地對部下說道：「快去通知族人，就說華夏國大皇帝陛下駕到，請做些好吃的來。」

「是，族長。」

一個親兵朝房間裡的一個角落走了過去，只見他蹲在地上，用手中的兵器敲了敲地上的石頭，發出幾聲沉悶之聲。

緊接著，那塊石頭緩緩地被移開，露出一個長長帶有階梯的甬道來。親兵點燃火把，順著階梯走下去，一會兒便不見人影了。

高飛一進入西狼谷時，除了這一間大房子外，其餘什麼都沒看到，此時見房子中另有機關，不禁對氐人的生活方式感到很好奇。

楊騰見高飛露出不解的表情，便解釋道：「皇上，我們氐人被羌人逼迫的無可奈何，只好穴居於地下，用了足足四年半的時間，才開鑿出一條從山谷通向上面的山洞，同時為了以防萬一，在谷底也開鑿了不少洞穴，在我們腳下，有一個很深的洞穴，四通八達，可藏數萬之眾，從西狼谷一直連接到東狼谷，還請皇上不要見怪。」

高飛聽後，不禁說道：「楊族長，那你們豈不是很辛苦？在這樣的艱苦環境下，一方面要開鑿地洞，另一方面還要開鑿出山的洞穴，這樣鬼斧神工般的山洞，肯定花費了不少人力和時間。」

楊騰嘆了口氣道：「本來有一條路可以直達谷底的，可惜當年為了躲避羌人的追逐，我們只好破壞那條路，直到一個月後，才知道在谷底生活的艱難，這四周都是懸崖峭壁，高不可攀，許多年輕的壯士也曾經試圖攀登過，可是都未成功，最後不得不放棄這愚蠢的想法，進而用笨方法，這才開鑿了一條出谷的斜坡，為此，我們氐人足足有兩萬人喪生在這個山谷內，大批青壯年的去世，也導致了我們氐人的衰弱……」

高飛聽後，也嘆了一口氣，如果不是楊騰這種愚公移山的精神，只怕他們今天一定會被曹操合圍了不可。

正說話間，趙雲從外面走了進來，見到高飛，立馬跪在地上請罪道：「子龍誤中曹操奸計，現在又救駕來遲，望陛下責罰！」

高飛急忙將趙雲給扶了起來，說道：「愛卿不必如此，人非聖賢孰能無過，我現在還不是被曹操逼到了這裡？愛卿墜落萬丈深淵之下未曾身亡，我已經十分

知足了，況且今日若無愛卿在後營牽制魏軍的兵馬，又率軍斷後，只怕我已經死無葬身之地了。」

說著，高飛將趙雲緊緊抱住，不禁悲從中來，落下眼淚，**這是第一次他因為大敗而流下淚水**。

六千多華夏軍將士聽到房裡傳出高飛嚎啕大哭的聲音，眾人不知道是什麼狀況，諸將紛紛前來窺視。

但見高飛鬆開趙雲，大踏步走了出來，擦拭了臉上的淚水，環視眾人道：

「華夏軍將士們！朕對不起你們，朕無能，不能率領你們斬殺敵人，反被敵人逼到這步田地，若非氐人楊騰，我軍只怕已經全部葬身在定軍山下。從定軍山戰役打響以來，烏力登、滇吾、卞喜、高沛、劉璝、鄧賢接連陣亡，損兵一萬五千餘人，這都是朕的錯，朕太低估了曹操，低估了魏軍的實力，朕痛心疾首啊……」

「皇上……」

眾人聞言紛紛跪在地上，六千多將士無不痛哭流淚，悲哀的聲音響徹山谷，讓楊騰等氐人見了都為之動容。

「皇上，我等願意與魏軍決一死戰，重新奪回定軍山，斬殺曹操老賊！」趙雲哭泣道。

「我等願意與魏軍決一死戰，重新奪回定軍山，斬殺曹操老賊，為死去的兄弟報仇，為皇上揚威！」六千多將士亦是齊聲喊道。

楊騰聽後，也是一陣熱血澎湃，這六千多將士給他帶來了極大的震撼，當下說道：「皇上，楊騰願意率領氐族所有男丁為皇上所驅策，斬殺曹操老賊！」

高飛見到這種陣勢，知道華夏軍雖然敗了，可是骨氣還在，存活下來的都是精銳。可是，他也清楚，自己絕對不能亂來，現在六千多人，有極大一部分人都帶著傷，卞喜陣亡的消息更是給了他很大的打擊，因為自己一個錯誤的命令，讓他喪失了最好的斥候，這個從自己平定河北黃巾之後就一直跟隨在自己身邊的老哥哥。

「**哀兵必勝，朕一定要讓曹操老賊血債血償**，朕要為死去的將士們報仇！但是現在，魏軍勢大，我軍兵力太過分散，援軍還未抵達漢中，且在此地養傷，等待時機，再出其不意奪取定軍山，給魏軍一次重擊。」高飛朗聲宣布道。

漢中郡的上空，烏雲密布，魏軍的聲威傳到了南鄭城，頓時讓城中一片驚慌。

張猛行奮威將軍之職，帶領南鄭城中所有將士，城牆上站滿了士兵，防守十分的嚴密。

太守府裡，漢中太守王朗一臉的焦急，一聽說曹操率領大軍在定軍山打敗了高飛，現在正朝南鄭殺來，急得像熱鍋上的螞蟻一般。

張猛、泠苞、法正等人看到王朗的樣子，每個人都露出了鄙夷的目光。

「定軍山一役，皇上下落不明，曹操老賊率領大軍正朝南鄭城奔馳而來，城中兵馬不過才八九千人，其中多數是降兵，只怕很難抵擋曹操老賊的兵鋒。」張猛當先說道。

法正點了點頭，說道：「不錯，定軍山失守，南鄭城就無險可守了，魏軍來勢凶猛，只怕很難堅守。但是，不管如何，南鄭城都不能隨意拋棄，否則的話，再想攻回來就難多了。現在唯一的希望，就只有寄託在右驃騎將軍的身上了，我已經派人去向右驃騎將軍告急了，相信右驃騎將軍應該正在加速行軍，只要我們能堅守到右驃騎將軍的到來，肯定還有扳回局面的時候。」

泠苞道：「孝直所言不錯，如今皇上等人下落不明，可這足以證明皇上等人並沒有遭受到曹操老賊的加害，只要皇上還在定軍山附近一天，漢中就絕對不會失守。」

王朗憂心道：「可是曹操用兵如神，連皇上都被打敗了，我們又怎麼能夠是曹操老賊的對手呢？我看不如帶著曹操老賊的家眷，全部退到長安，借此要脅曹操老賊……」

「太守大人，這種擅離職守，不戰自退的行徑，你不覺得可恥嗎？」張猛質問道。

「堅決不能退，只要後退一步，魏軍便會長驅直入，漢中乃險要之處，如果不戰自退，那皇上和諸位將士在定軍山的抵抗就失去了意義。現在是非常時期，我法孝直受惠於皇上，雖然沒有實職，卻也不願意看到華夏國喪失國土。現在漢中城裡就我們這幾位，王大人是皇上欽點的太守，如果不盡心盡力，只怕手下士兵也決計不願意。箭在弦上不得不發，城中曹魏降軍原屬太守大人的部下，也只有太守大人才能安撫，現在就請太守大人當機立斷，是戰是退，必須給個話。」

法正說話時特別激動，拔出腰中佩劍，劍光森寒，直射入王朗雙目。

張猛、泠苞也拔出兵刃，齊聲道：「太守大人，請做個決斷吧！」

王朗臉上一陣抽搐，這個時候如果不同意三個人堅守南鄭城的話，只怕會血濺當場。

他當即說道：「這個……三位別急嘛，我又沒說不堅守，只是提出一點不同的意見，其實用曹操家眷來要脅曹操，南鄭城正是用武之地，我這就去傳令，讓士兵全部堅守城池，不得放任何人出城，在此靜待援軍抵達……」

張猛、泠苞、法正這才收起兵刃，道：「大人英明，只要堅守住這座城池，阻滯了魏軍，等以後擊敗魏軍之時，大人就是大功一件！」

王朗心中苦笑道：「我被你們逼成這樣，如果不答應的話，只怕就血濺當場了，你們這是趕鴨子上架啊……呸呸呸，我怎麼能是鴨子呢……」

四人在太守府商議完畢後，王朗便立刻發下命令，張猛、泠苞在外，法正在內，聯合將王朗控制住，並且穩住王朗的心情，同時將夏侯衡等曹魏一族全部關押起來，派人看管的更嚴密了。

張猛、泠苞、法正也知道王朗並不可靠，可是這也是沒辦法的事，畢竟城中一半的兵馬都是王朗的舊部，只能暫時讓王朗當大頭了，以便約束城中曹魏降軍。

與此同時，華夏國右車騎將軍徐晃正在加緊趕路，帶著先頭的五千騎兵快速奔馳，安尼塔•派特里奇、高森率領三萬五千名步兵緊隨其後。

約莫到了傍晚時候，一輪夕陽沉入了山的那一邊，南鄭城的南門外出現了大批的魏軍，打的是曹操的旗號。

當夜，魏軍並未展開攻勢，而是在城外安營紮寨，曹操讓人用箭矢射入許多招降書，大致寫的意思是一切過失既往不咎，只要開城投降，便重新是他魏國的人，並且人人升官。

負責守衛城門的泠苞率領部下接到這種招降書，當即將其在城樓上焚毀。

法正早有所料，讓泠苞守衛南門，將王朗的魏軍舊部全部移到北門，南鄭城依山而建，只有南北二門，所以控制南門，就等於控制了整個南鄭城，以免讓魏軍的攻心計攪亂了城中的氣氛。

曹操正在營帳內用膳，見許褚走了進來，便問道：「效果如何？」

許褚搖搖頭道：「一點效果都沒有，駐守南門的士兵將所有的招降書全部焚毀了，真是氣死我了，白白浪費了那麼多的箭矢。」

「看來，城中有智謀之士，可知道城中守將是誰？」曹操問。

「已經探明了，漢中太守仍然是王朗，另外還有原來的蜀將泠苞，還有一個叫張猛的，智謀之士倒是沒聽說有軍師。」許褚回道。

「許將軍忽略了一個人，此人足智多謀，也堪稱一時之才俊，秦州右扶風

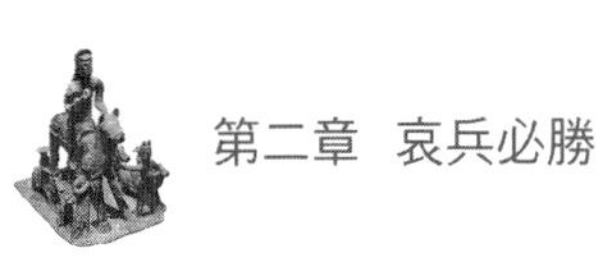

人，姓法名正，字孝直。」龐統從帳外趕來，接口說道。

曹操聽後，不動聲色，繼續吃飯喝酒，等嚼了幾口後，放下碗筷，看著龐統，問道：「軍師，如何能兵不血刃的拿下南鄭城？」

「虛張聲勢，讓南鄭城中的人都知道陛下回來了，華夏軍剛剛奪取漢中不久，城中百姓未必都肯歸心，或許能得到城中回應。與此同時，我軍白天開始佯攻南門，試探城中守軍實力，然後再做定奪。」龐統回道。

「妙計！就煩勞軍師代為指揮全軍了，朕有些累了，想休息一兩天。」曹操手捂著頭，看上去甚為難受。

龐統看後，知道這是曹操的頭風又犯了，大軍抵達漢中不過才三天，如果不儘快拿下漢中的話，對魏軍極大的不利。他朝曹操拜了拜，便出去了。

許褚急忙叫來軍醫，開了些止痛的藥，煎熬後讓曹操喝下，曹操便睡下了，許褚則帶領眾人守衛在營帳外面。

涼州，上邽。

太史慈在冀城中踱來踱去，心煩意亂，曹操進攻漢中，漢中兵力薄弱，又得知司馬懿和張繡偷渡陰平，只怕一時半會兒還抵達不了漢中，他搞不懂司馬懿到底是什麼意思。

正在這時，馬超從外面趕來，見到太史慈，立刻問道：「大將軍，你這麼急著傳喚我過來，是不是發生什麼事了？」

太史慈道：「孟起，我想再帶兩萬精兵從武都郡沿西漢水南下，直抵漢中郡的沔陽城，去支援皇上，漢中險要異常，絕不能丟失，皇上在漢中兵力薄弱，司馬懿和張繡偷渡陰平，只怕一時半會兒無法抵達，昨日剛剛接到皇上的信箋，讓我軍帶兵去支援漢中，我想……」

「大將軍，不如讓我去吧，大將軍留守涼州，總控西北，我和曹操老賊有不共戴天之仇，此仇不報，我絕不為人，羌王徹里吉那裡，我已經派人去交涉了，徹里吉不會有什麼異常舉動的，大將軍身為西北野戰軍的第一將，不可以輕動，大將軍聲名赫赫，威震西涼，四方蠻夷皆為之臣服，關係重大啊。」馬超道。

近幾年來，太史慈的名聲在西北聲名遠播，確實早已蓋過了當年的神威天將軍馬超，連遠在西域的烏孫等國都聽過他的名字，反倒是馬超一直在他的手底下為將，被他壓住了鋒芒。

「你說得也有道理，那就由你帶領兩萬精兵去支援漢中吧，一來你可以助皇上一臂之力，二來你可以殺了曹操報仇，算是一舉兩得。」太史慈思量一番後，

做出決定道。

「大將軍，那我何時啟程？」馬超問道。

「兩萬精兵我已經集結完畢，你隨時可以出發。」

「擇日不如撞日，那就今天吧。」

「也好，早一日抵達漢中，早一日擊敗曹操。你見到皇上後，記得代我向皇上問好。」

「一定。」

兩人商議已定，馬超便去軍營點齊兩萬精兵，帶著他們離開了上邽。

益州，成都。

甘寧率領水陸大軍攻占巴郡的消息一經傳到成都，留守成都的荀彧便是一陣頭疼。

他打開蜀地的地圖，看了以後，慨然道：「華夏軍南北並進，陛下帶領大軍決戰於漢中，現在甘寧又帶領大軍溯江而上，使我軍陷入兩線作戰的境地，蜀地剛平，還未有立足根本，難道這是天要亡我大魏嗎？」

「丞相何出此言？」張松聽到荀彧的話，不禁問道。

荀彧搖了搖頭，道：「沒什麼，張大人，華夏軍的南路軍現在有什麼動向？」

張松道：「華夏軍占領巴郡後，便在巴郡駐足下來，並且和當地百姓約法三章，分毫不取百姓之物，很受到蜀中百姓的愛戴。」

荀彧聽後，冷笑一聲道：「這真是殺人不見血啊……」

「丞相，陛下那邊還沒有傳來消息嗎？十萬大軍，這會兒應該已經抵達漢中了吧？」張松問道。

荀彧道：「這個自然，陛下御駕親征，又有龐統為軍師，豈有不勝之理?!秦州、涼州新近歸附華夏國，只要陛下的大軍一到，秦州、涼州必然會響應。你去將吳蘭、雷銅、費觀、龐羲、鄧芝、宗預、董和、秦宓八人叫來，本府有話吩咐。」

不多時，吳蘭、雷銅八人俱到，拜見荀彧：「參見丞相大人！」

荀彧道：「免禮，本府今日叫你們來，是有件事情要你們去辦。想必你們也都聽說了吧，華夏國的虎衛大將軍甘寧率領水陸五萬大軍已經占領了巴郡，目前正駐足在巴郡，你們都是蜀中名將、名臣，自降我大魏以來，寸功未立，今日本府就給你們一個立功的機會，你們帶著五萬大軍前去狙擊甘寧，沿途設下關隘，

千萬不可放他們過去。蜀道難行，各處都是易守難攻的險地，你們若能成功將華夏軍堵在巴郡一帶，本府日後必然會向陛下表明，為你們加官晉爵。」

吳蘭、雷銅、費觀、龐羲、鄧芝、宗預、董和、秦宓對視一眼，齊聲道：「屬下遵命！」

隨後，荀彧分別封賞吳蘭、雷銅、費觀、龐羲、鄧芝、宗預、董和、秦宓八人官職，兵分兩路，一路由吳蘭率領，費觀、龐羲、董和隨行，帶兩萬五千名將士沿江而下，走水路狙擊華夏國的水軍，另外一路則由雷銅帶領，鄧芝、宗預、秦宓三人隨行，由陸路而進。

分派完畢後，吳蘭等八人便各自點齊軍隊去了。

荀彧在吳蘭八人走後，對張松道：「張大人，你的舊主劉璋就在巴郡，以你猜測，華夏軍會不會利用這一點，來借機招降蜀中百信？」

張松皺起眉頭道：「這個很難說，丞相是何意思？」

「我讓你去督軍，如果有人敢造次，便將其就地正法，陛下待你不薄，你的舊主無能，如今也是你回報陛下的時候了。」荀彧陰鬱著臉，看著張松，淡淡地說道。

張松道：「丞相大人還是派別人去吧，我無臉再見舊主。」

荀彧聽了，道：「那以張大人之見，當派何人去督軍為好？」

「如果丞相大人信得過我，就誰也不用派遣，一切讓他們自行處置，這些人在劉璋手下時，都是鬱鬱不得志的人，歸順陛下之後才得到重用，以我推測，他們不一定會倒戈相向。」張松道。

荀彧笑道：「但願如你說的那樣，否則的話，吳蘭八人的人頭就會隨時落地。」

張松聽了，嚇出一身冷汗，荀彧的話讓他倍感揪心，似乎早已經安排好了一切一樣。

從丞相府出來之後，張松急忙派遣親兵去通知吳蘭等人，讓他們夜晚到寒舍一敘。

丞相府裡，荀彧見外面來了一個親兵，便問道：「怎麼樣？」

「果然不出丞相大人所料，那張松果然派人去通知吳蘭八人到家中密會。」來人稟告道。

荀彧擺擺手道：「知道了，繼續打探，一切按照計畫行事。」

「諾！」

入夜後，張松在家等候著，吳蘭等人陸續趕來，來的時候還特地注意是否有人跟蹤。

吳蘭八人參拜道：「見過大人。」

「免禮免禮，諸位都是我蜀漢遺臣，自蜀王不戰而降後，我們不得已投降了魏國，現在，華夏軍正在猛攻魏軍，南北兩路分兵而進，我等遺臣也該是有一番作為的時候了。我今日請八位到來，是有一件要事相商。」

張松讓人奉上溫酒，開門見山地說道。

吳蘭八人聞言，一致抱拳道：「願聞其詳。」

張松接著道：「近日我接到蜀王一封密信，信中稱他被華夏軍照顧得很好，而且已經投降了華夏軍，言辭鑿鑿的說華夏軍十分強大，勸我等舊臣跟隨蜀王一起投降華夏軍。我張松不才，自認無甚大用，今日苟彧讓八位大人去狙擊華夏軍，我覺得這是個機會，如果我們能和華夏軍來個裡應外合，或許能夠奪下成都，屆時我等也都是有功之人，歸順華夏軍後，自然少不了許多好處。不知道八位大人意下如何？」

吳蘭八人面面相覷，都不敢回答，心中也都是各懷鬼胎，生怕這是張松在詐他們。因為歸順魏軍之後，張松一直受到重用，如今八人出征在即，說不定是荀彧不放心，故意讓張松來套他們的話呢。

八人都提心吊膽，沒有人一個人回答，也怕說錯了話，自己的腦袋就沒了。

張松看到八人的樣子，急忙表態道：「你們這是幹什麼？我手裡真的有蜀王寫給我的密信，不信你們看！」

說著，張松拿出密信，亮在眾人的面前。

就在這時，忽然從房梁上射出一支箭矢，箭矢直接朝張松的心窩飛去。張松無備，當場斃命。

「有刺客！」吳蘭、雷銅抽出兵刃，大聲喊道。

兩人正要向刺客動手時，但見荀彧帶著將士從大廳外面奔來，軍士手上的兵刃還帶著血淋淋的鮮血，一滴一滴的滴在地上。

「張松意圖謀反，已經被本府誅殺，你們不必驚慌，這件事早在本府的控制之中，八位大人到現在還安然無恙，說明八位大人並未說錯話，否則，下場就會和張松一樣。」荀彧環視眾人道。

吳蘭八人急忙跪在地上，向荀彧拜道：「張松謀反，與我等無關，我等只是受邀前來，對陛下忠心耿耿，絕無二心。」

荀彧笑道：「諒你們也不敢。你們的家眷，本府已經派人嚴加保護起來了，

你們不必擔心會受到波及，只要你們在前線打了勝仗，你們的家人便能得到很好的保護。今晚我就不多做說明了，你們各自回家好好歇息吧。」

說完，一個士兵走到張松的面前，揮刀斬下張松的人頭，呈獻到荀彧的面前。

「將此頭高懸在城門上，讓所有人都知道背叛我軍的下場。」荀彧厲聲道。

「諾！」

荀彧閃開身子，對吳蘭八人說道：「八位大人，請吧！」

吳蘭八人在荀彧派出的士兵的護衛下，回到各自的家裡，外面是大批的魏軍看護著，說是保護，實際上是軟禁。

吳蘭、雷銅、費觀、龐羲、鄧芝、董和、秦宓都是有家室的人，而且家人也都在成都，回到家中後，和家人便是抱頭痛哭。

只有宗預在成都是孤家寡人一個，孑然一身，因為如此，荀彧親自帶著士兵護送宗預回家。

「讓丞相大人見笑了，寒舍簡陋異常，實在是委屈丞相大人了。」

一進家門，宗預便將荀彧迎入客廳，然後泡了壺茶，給荀彧斟滿一杯茶，對荀彧道。

荀彧手捧香茗，深深地聞了一口，讚道：「濃郁異常，此必好茶。」

「丞相大人說笑了，也只是尋常百姓家的茶葉而已。」

荀彧喝了一口，放下茶杯，問道：「宗大人是南陽安眾人吧？」

「正是，一年前華夏軍和荊漢交戰，波及到南陽，下官這才逃了出來，來到這天府之國。」

荀彧道：「嗯，正因如此，本府才親自來你的府上。」

宗預小心翼翼地道：「丞相話中似乎還有話啊？」

荀彧笑道：「本府準備讓你暫時擔任征東將軍，帶領吳蘭、雷銅、費觀、龐羲、鄧芝、董和、秦宓七人以及五萬大軍由陸路出發，去取巴郡，本府再派遣一支大軍由水路順流而下，水陸並進，去對付在巴郡的華夏軍。」

宗預驚道：「德陽何德何能，竟能受到如此禮遇，只怕德陽才疏學淺，不能堪當此任。另外，吳蘭、雷銅、費觀、龐羲、鄧芝、董和、秦宓皆蜀漢舊臣，又怎麼會聽從我的吩咐？」

荀彧道：「正因吳蘭、雷銅、費觀、龐羲、鄧芝、董和、秦宓都是蜀漢舊臣，我才只能委託於你。你放心，你所帶走的部隊，有一半是我魏國精銳，如果吳蘭、雷銅、費觀、龐羲、鄧芝、董和、秦宓有不軌舉動，你完全可以命令他們

將這些人就地正法。」

宗預擔心地道：「丞相大人，我年紀輕輕，又從未帶兵打過仗，魏軍的精銳肯聽我的話嗎？」

荀彧道：「這個你放心，陛下的親弟弟海陽王會與你同去，他負責監軍，有什麼事，你儘管和海陽王商議，海陽王定然會助你一臂之力。」

宗預想了想，說道：「好吧，如果我再推辭的話，就是不給丞相大人面子了，那下官就勉為其難了。」

荀彧笑道：「很好，你為主將，海陽王為副將，明日一早便立刻出兵，早一天收復失地，早一天封侯拜相。」

「多謝丞相大人提拔。」宗預拜道。

荀彧走後，宗預一個人心中並不安生，此次荀彧名義上讓他擔任主將，帶領吳蘭等人去征討華夏軍，實際上又派出海陽王為副將來監視自己，若是自己有任何異常舉動，海陽王定然不會放過自己。

他在房中踱來踱去，思量了很久，忽然想出一個妙計，嘴角露出淡淡的微笑，心中暗道：「此乃老天助我成就此大功，**曹操老賊的末日不遠了**。」

荀彧離開宗預的寒舍後，便直接去找海陽王曹德，曹德正與廣陽王曹彬在府中小酌，聽聞荀彧到來，便親自出迎。

「丞相大人深夜造訪，必有要事，不知道丞相大人可是有什麼需要我們兄弟幫忙的嗎？」曹德很是客氣的道。

荀彧道：「兩位王爺想必都聽說華夏軍已經抵達巴郡的事了吧？」

曹德道：「自然聽說了，丞相大人有什麼需要，儘管開口，我兄弟二人定當為國盡忠。」

荀彧點點頭道：「二位王爺深明大義，臣自然沒話說。眼下成都一帶尚不穩定，我軍剛剛占領巴蜀，現在華夏軍又借機入侵，蜀中百姓人心惶惶，聞風而降。我想請王爺帶兵出征，去抵禦巴郡的華夏軍，只要緊守關隘，依靠蜀道之難，必然能夠讓華夏軍無法入蜀。」

「丞相大人，你就吩咐吧，陛下走時讓我們兄弟協助丞相大人，現在正是我們兄弟用武之時，又怎麼會推辭呢。」曹德道。

曹彬附和道：「是啊丞相大人，你就吩咐吧。」

荀彧道：「那好，我想請兩位王爺兵分兩路，一路走陸路，一路走水路，嚴防死守，必然能夠阻滯華夏軍。只需堅守，不可出戰，任由華夏軍再怎麼厲害，

還無法突破這兩道防線。」

曹德、曹彬齊聲道：「丞相放心，我們必然能夠將華夏軍堵住，不讓他們入蜀。」

荀彧點點頭，微笑著說道：「哦，還有一事，此次陸路最為要緊，我任命宗預為征東將軍，暫時委屈海陽王給宗預當副將了，但是兵馬的控制權都在海陽王的手裡，如果宗預、吳蘭、雷銅、費觀、龐羲、鄧芝、董和、秦宓等人有任何異動，海陽王可以斬立決，無需上報。」

曹德道：「那為什麼不先殺了他們再出征？這樣豈不是省去了很多事情？」

「二哥，如果先殺了他們，只怕會寒了蜀漢舊臣的心，會適得其反的。」曹彬聞言道。

「廣陽王所言甚是，正是出於此種考慮，我才暫時做出這種決定，還希望海陽王能夠見機行事。」

「明白了，丞相大人，這件事就包在我身上了。」曹德拍拍胸脯道。

第二天一早，海陽王曹德從兵營點齊三萬名將士，全部集結在城外，等宗預帶著吳蘭、雷銅、費觀、龐羲、鄧芝、董和、秦宓等人一到，便立刻啟程。

另外一路，廣陽王曹彬則點齊兩萬兵馬，從水路順流而下，按照荀彧所說的方法，準備在長江的險要地段用鐵索橫江，並且設下埋伏。

海陽王曹德乃是曹操胞弟，當年護送其父路過徐州時，其父被人殺死，他僥倖逃脫，至此之後，曹操便一直讓曹德在後方處理政事，從不讓他輕易上戰場。曹操稱帝之後，便封二弟曹德為海陽王，幼弟曹彬為廣陽王。

此次曹操征討西蜀，曹德、曹彬一起跟隨曹操出征，在軍中負責調遣糧草事宜，曹操回師漢中時，便留下荀彧鎮守成都，曹德、曹彬為輔，一武一文，也頗為相得益彰。

五萬大軍浩浩蕩蕩的出了成都，其中三萬是魏軍精銳，曹德帶領兩萬魏軍精銳，一萬蜀漢降軍，而曹彬則帶領一萬魏軍精銳，一萬蜀漢降軍，一般都是蜀漢降軍走在前面，魏軍精銳走在後面，為的就是以防萬一。

漢中，南鄭城。

泠苞、張猛登上了南鄭城的城樓，看到城外魏軍漫山遍野，聲勢極為浩大，兩人的心裡不禁都是為之一震。

這時，法正和王朗亦登上城樓，王朗一上城樓，便見魏軍遍地都是，道路兩

側的山坡上更是旌旗密布，不禁為之驚呼道：「曹操親征，魏軍如此龐大，只怕我等無法抵擋，不如……不如我軍速速退去……」

法正、張猛、泠苞聽後，都憤怒的看著王朗，怒道：「誰敢後退一步，斬立決！」

王朗臉上一陣抽搐，憨笑道：「我也不過是說說罷了，又不是真的要撤退，只是魏軍如此龐大，我軍該如何抵擋？」

「曹操遠道而來，蜀道難行，又是急行軍，只怕並未帶什麼攻城器械，只要我們堅守不戰，他也奈何不了我們。昨日斥候已經回來稟告，右驃騎將軍率領五千騎兵正迅速趕來，身後三萬五的大軍也在加速前進，只要緊守此城，未嘗不能跟魏軍一戰。況且皇上還在曹操的背後，雖然下落不明，但一定不會忘記這裡，說不定哪天夜裡就會偷襲魏軍，前來和我們會和。」法正分析道：「所以，**此戰必須打，這是我軍的最後底線**，如果失去了這個地方，就會一敗千里，再想奪回來就難了。」

「孝直所言極是。」泠苞、張猛深表贊同。

王朗怯怯地道：「那就堅守？」

「堅守不戰！」法正、泠苞、張猛同時回道。

這時，龐統親率大軍，在城外擺開了陣勢，十五輛巨弩車被推到了最前線，身邊李嚴、吳懿、吳班一字排開，眺望著城樓上的人。

「軍師，城樓上有一人是蜀中名將泠苞，此人武藝高超，不在張任之下。站在泠苞身邊的人就是法正法孝直，此人年紀雖輕，卻足智多謀。」李嚴看了眼城樓上的人，對龐統說道。

「嗯，李將軍比泠苞如何？」龐統問。

「未嘗比試過，尚未可知。」李嚴回道。

龐統道：「既然如此，那就不用比試了，李將軍前去勸降，如果他們不投降，就準備強攻城池，有華夏軍的這些炸藥，足以炸開城門。」

李嚴「諾」了聲，策馬向前，提著一柄大刀，朝城樓上的人喊道：「我大魏天軍到此，汝等速速開城投降，否則的話，定然血洗南鄭！」

法正見後，當即冷笑一聲，將手向前一招，叫道：「帶上來！」

一聲令下，軍士推著夏侯衡、曹丕、曹彰、曹植、曹熊等人來到城樓上，曹丕、曹彰、曹植、曹熊一個比一個小，曹熊還是個兩歲的娃娃，哪裡見過這種陣勢，一被抱上來，便哭哭啼啼的。

曹丕、曹彰、曹植兄弟三人倒是很冷靜，三人最小的是曹植，才五歲，最大的是曹丕，已經十歲了，三人見此情景，便明白自己已經成為了人質。

龐統沒有見過夏侯衡、曹丕、曹彰、曹植、曹熊等人，但是從法正用這些人作為要脅來看，便知道這些人必定是曹操的宗室，他當先犯了難，讓人把李嚴給叫回來，自己則調轉馬頭往中軍大營趕。

曹操頭風犯了，雖然喝了藥，卻仍然止不住自己的頭疼病，在那裡咿呀的哼個不停。

「陛下，臣神機軍師龐統求見。」

「進來。」曹操令道。

龐統走進大帳，見曹操的臉色極為難看，臉上也顯出痛苦之狀，什麼都沒說，轉身又走了。

「軍師有話便講，不必隱晦。」曹操見龐統要走，急忙說道。

龐統這才回轉身子，走到曹操的臥榻之側，說道：「陛下，華夏軍用陛下宗室作為要脅，臣不知道如何是好……」

曹操聽了，臉上波瀾不驚，沒有什麼表情地道：「他們生在帝王家，就應該有這樣的覺悟，你只管照自己的想法去做，不要顧忌宗室成員，他們要怨的話，就怪他們自己投錯了胎，生在了我的家裡，你去吧，不要有絲毫的猶豫。」

「這就是真正的曹操嗎？」

龐統不禁對曹操的狠勁很是佩服，虎毒還不食子呢，可殺人如麻的曹操卻為了整個戰役的勝利，不惜將自己的宗室置之不顧。在龐統看來，曹操雖然表面上沒有任何難過的表示，心理說不定會有多難受，眼睜睜的送自己的孩子去死，這得需要多大的勇氣啊。

「臣明白，臣告退，請陛下多多保重。」龐統緩緩地退出了大帳。

曹操在龐統走後，眼角裡流出兩行熱淚，心痛得有如刀絞，但是為了他的大業，也只能如此了。

許褚看了，輕輕地嘆了口氣，什麼都沒說，心裡卻暗暗想道：「諸位皇子，你們別怨陛下，**以後投胎轉世，千萬別投在帝王家……**」

龐統從中軍大營出來後，來到大軍的最前面，朗聲喊道：「陛下有令，向南鄭城發起進攻，不論是誰，都予以格殺！」

命令一經下達，巨弩車立刻射出綁著炸藥的弩箭，點燃後，便朝南鄭城的城門射去。

「格老子的，這魏軍瘋了嗎？怎麼連曹操的宗室都不顧了？」泠苞見狀，驚詫地道。

「轟！」

一聲巨響在城門口炸開了花，可惜距離城門還有一段距離，沒有對南鄭城的城門造成任何損傷。

夏侯衡喊道：「你們太小看陛下了，陛下豈會讓自己有什麼把柄落在別人的手裡？你們識相的話，快打開城門投降，不然將死無葬身之地！」

「就算是死，也要先結果了你！」

泠苞拔出鋼刀，一刀將夏侯衡斬殺於城牆上，人頭直接落在城外的地上，鮮血灑滿了一地。

法正道：「魏軍得到了我軍的炸藥，開始對我軍展開攻勢了，大家都必須小心。」

這時，魏軍的巨弩車又向前推進了一段距離，然後再次點燃炸藥，將炸藥射了出去。

這一次，炸藥包如實的落在了城門口，一連串的爆炸聲後，城門被炸開了。

法正見狀，急忙道：「將曹操的這些小崽子全部帶下去，所有人積極備戰，泠將軍，城門被炸開了，只能靠你了！」

泠苞道：「沒問題，孝直，這裡危險，你快帶人退後，張猛在城樓上指揮弓箭手，我在城下迎戰魏軍，你去讓北門的人過來支援，不求他們上前線，只射箭就行。」

「好的！」話音一落，法正扭身對驚慌失措的王朗說道：「太守大人，請吧！」

「好好好，咱們這就去叫北門的人來支援……」王朗應道。

南鄭城的城門雖然被炸開了，可是魏軍並不急著進攻，而是將巨弩車又向前推進了幾十步，然後開始對著城牆上的守軍進行著輪番轟炸。

「躲開！都躲開！」

張猛知道炸藥的厲害，急忙指揮人立刻撤離城牆，華夏軍都躲在城牆的後面，城牆上石屑亂飛，瀰漫周圍。

龐統見狀，冷笑一聲，心中暗暗地想道：「這玩意兒還真是個攻城掠地的利器，華夏國的人是怎麼搗鼓出來的？」

他抬起了手，身後列陣的弓箭手紛紛仰天拉弓，將弓弦拉到最滿，搭上透甲錐，只等一聲令下。

「放箭！」

隨著一聲令下，所有列陣的弓箭手都在同一時間放出了箭矢，黑色的箭矢密密麻麻的朝著南鄭城中飛去，這邊箭矢剛剛離弦，那邊新一波的箭矢便立刻搭上了弓弦。

密集的箭矢如同雨點一樣飛落在南鄭城裡，一時間沒有躲好的華夏軍士兵立刻被射倒一片。由於透甲錐鋒利無比，一些箭矢直接射穿了房子頂端的泥瓦，透入房裡，一些士兵不幸被射中了喉嚨，當場死亡。

箭矢一簇接一簇的落下，五千名弓箭手連續射了十次，五萬支透甲錐完全壓制住華夏軍的鋒芒，讓華夏軍的士兵不敢露頭。

與此同時，李嚴率領步兵正一點一點的逼向了城門，悄悄地摸到了城門邊，等到箭矢停下之後，便大叫一聲，從門洞裡衝了進去。

泠苞躲在城牆的門房裡，聽到魏軍殺來，立刻率軍迎戰，首先映入他眼簾的便是李嚴。

他看到李嚴，忿忿地道：「該死的李嚴，居然助紂為虐，實在可氣！」

他掄起手中的鋼刀，二話不說，朝著李嚴便殺了過去。

李嚴手持著鋼刀，見泠苞殺來，當即迎了上去，他打不過張繡，未必打不過泠苞。

「砰！」

兩軍在城門的門洞裡衝撞在一起，人擠人的向前瘋狂地砍殺，泠苞更是和李嚴戰在了一起。

「你賣主求榮，我今天絕饒不了你！」泠苞揮刀向李嚴砍了過去，眼裡迸發出憤怒的光芒。

李嚴用刀格擋，冷笑道：「我只是順時勢，劉璋積弱，魏軍強大，弱肉強食乃是自然法則。」

「很好，**那我就讓你看看什麼是弱肉強食！**」泠苞舞動的更加奮力了，一刀快過一刀，一刀比一刀還要猛。

第三章

速戰速決

徐晃一路上順暢萬分，忽然間魏軍調轉兵鋒，猶如滾滾巨浪朝他衝殺過來，他不知道發生了什麼事，只覺得一會兒便陷入了苦戰。徐晃本以為可以速戰速決，哪知道這會兒碰上了阻力，其部下的劣勢便立刻呈現了出來。

李嚴第一次和泠苞交手，不禁感到有些吃力，泠苞力氣很大，如果這樣拼下去，只怕他很快就會死在泠苞的手上。

泠苞乃蜀漢名將，以驍勇著稱，打起仗來更是屬於那種不要命的人。他的一陣快攻，直接將李嚴壓制住了，身後的華夏軍也不斷地向前衝，在他的帶領下，反倒是一步步的將魏軍給逼出了門洞。

龐統在遠處觀戰，看到泠苞驍勇異常，暗暗地道：「這個泠苞果然厲害……」

「吳懿、吳班，火速前去支援李嚴，務必要奪下城門，衝進城裡。」龐統指揮道。

吳懿、吳班兩兄弟無奈之下，只有硬著頭皮上，各自率領一千騎兵從左右兩邊衝了過去。可是衝到城門口的時候，卻被李嚴退回來的兵給擋住，一時間城門周圍混亂不堪。

龐統見泠苞率領華夏軍硬是將魏軍堵在城門口，武力上也完全壓制住李嚴，華夏軍受到鼓舞，奮勇異常，讓他覺得此人不除，南鄭城難以拿下。

這時，張猛率領弓弩手重新登上殘破的城牆，朝著城牆外面密密麻麻的魏軍便是一陣亂射，和泠苞配合默契，使得魏軍傷亡頗多。

李嚴正在激戰，吳懿、吳班站在一旁也不去幫忙，乾脆看起了熱鬧，再說，他們就算想幫忙也擠不過去啊。

就在這時，龐統忽然命人鳴金收兵，魏軍的第一波進攻暫時結束。整個戰鬥過程只有一會兒時間，雙方互有傷亡，但都不多，只是幾百人而已。

李嚴、吳懿、吳班三人帶兵退了回來，來到龐統面前時，都是一陣灰溜溜的。

李嚴更是嘆氣道：「軍師，泠苞驍勇，我軍非他敵手，無法突破城門，以至於……」

「不用說了，我都看見了，強攻的話，可能會損失慘重，你們且在此守候，我去去便回。」說著，龐統調轉馬頭，朝中軍大營跑了過去。

到了曹操所在營帳時，龐統便道：「臣龐統求見陛下！」

「進來。」

龐統進入大帳，見許褚也在，說道：「陛下，華夏軍中有一蜀中名將，喚作泠苞，此人驍勇異常，我軍將士都不是對手，臣想向陛下借用一員虎將，前去抵擋泠苞，不知道……」

曹操聽到以後，便說道：「仲康，你隨軍師走一趟，定要把那泠苞的人頭給

提回來。」

「臣遵旨！」

許褚走到龐統身邊，對龐統道：「軍師，咱們現在就走吧。」

龐統點點頭，向曹操辭別後，便和許褚一起來到南鄭城外，指著城門洞裡的泠苞說道：「許將軍，那個就是泠苞。」

「哦，曉得了。」許褚當下從馬背上跳了下來，讓人去傳喚自己的十大衛士過來，自己則打量了一下南鄭城的守軍。

龐統不明所以，但是也不多問，只要許褚能將泠苞的人頭取下來，管他用什麼方法呢。

不多時，許褚的十大衛士一起抵達，個個都是身軀龐大、體格健壯之人，來到許褚面前時，便抱拳道：「將軍！」

許褚當即脫下了自己身上的鎧甲，穿上普通士兵的衣服，然後再用士兵的戰甲裹住身子，拿著一面盾牌，又讓人牽來十匹健壯的馬匹，這才對身後的十大衛士說道：「上馬，跟我走！」

許褚一聲令下，身後的十大衛士全部跳上馬背，所選的戰馬也都是精壯無比，十一騎紛紛挽弓帶箭，許褚找了一個趁手的大刀，便要策馬而出。

龐統見狀，急忙叫道：「許將軍，你只帶十個人去？」

許褚笑了笑道：「十人足矣，人多了反而礙事，軍師且在此稍候，我去去便回。」

龐統道：「那我先讓部下用箭陣掩護你……」

「也好。」

「弓箭手準備！」龐統當即下令道。

「放箭！」

密集的箭矢隨著龐統的一聲令下，朝南鄭城裡射了過去。

城中的華夏軍將士知道秦軍箭陣的厲害，慌忙找掩體躲避，不敢露頭，城門的門洞裡，泠苞帶著人則用破爛的大門堵在前面。

秦軍連放了三次箭矢，許褚等人衝到了城牆下面，許褚手持大刀，背後的十大衛士在馬背上放箭，例不虛發，前方華夏軍的將士紛紛應弦而倒。

泠苞見許褚衝了過來，緊緊握住手中鋼刀，大聲喊道：「將士們，讓這十一名魏軍有來無回。」

「諾！」

許褚穿的是普通士兵的衣服，和身邊的十大衛士沒啥區別，頭上戴著的頭盔蓋住了他的半張臉，讓人看不清他的面孔，以至於泠苞並未發現他就是許褚。

說話間，許褚背後的人紛紛放棄了弓箭，抽出腰中的鋼刀，在馬背上揮動著，撥擋華夏軍射出的零星弩箭。

只片刻功夫，許褚等人便越過泠苞架設的破舊的城門，連人帶馬落到人群中，只這一瞬間，二十二名華夏軍士兵便活生生的被踩死。

一落地，許褚等人立刻轉身，許褚瞅見泠苞後，當即大聲喝道：「取你狗命！」

泠苞這才注意到這個人竟然是許褚。但是，他沒有絲毫的怯意，手中長槍登時向許褚刺了出去，許褚大刀一揮，橫掃千軍，不僅擋住泠苞的攻勢，還讓周圍的士兵全部喪命。

許褚身後的十大護衛則背對著許褚，手持鋼刀，斬殺前來支援泠苞的士兵，十個人十把刀，硬是堵住了華夏軍的士兵。

很快，城門的門洞便清空了，許褚和泠苞單打獨鬥，刀氣縱橫，殺意如狂。

遠在城外的龐統見狀，立刻讓李嚴率軍出戰，趁這個時機逼近南鄭城。

一聲令下，三千名魏軍步兵全部跟著李嚴衝了過去。張猛也衝上城牆，弓弩手紛紛朝著城外射擊。

南鄭城的城門門洞裡，泠苞手持長槍，被許褚逼得無法還手，忽然寒光在他面前一閃，一顆人頭隨即落地。許褚從地上拿起泠苞的人頭，轉身奮戰，大聲叫道：「不想死的全部躲開！」

這一聲咆哮，讓人如雷貫耳，十一個身軀健壯的大漢一起殺向了城內，華夏軍的士兵抵擋不住，紛紛向後退卻。與此同時，李嚴帶領的士兵殺到，給許褚等人壯了聲威，讓許褚等人勇氣倍增。

不一會兒功夫，許褚等人便奪下了城門，李嚴等人紛紛從縫隙中殺了進去，和華夏軍的士兵混戰在一起。

城外，吳懿、吳班帶著更多的魏軍逼近城牆，箭射弩發，張猛等人抵擋不住，加上許褚等人又沿著城樓的樓梯殺了上來，華夏軍頓時士氣低靡，紛紛向內城退卻。

整個戰鬥只持續了一會兒功夫，許褚帶領的十大衛士也陣亡了五人，餘下的人登上城樓，砍掉華夏軍的大旗，將魏軍的大旗插在了城樓上。

龐統在城外看後，只覺得熱血澎湃，高興地喊道：「殺！南鄭城是我們的了……」

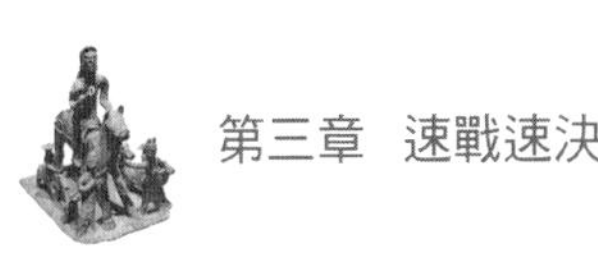

密密麻麻的魏軍紛紛從南鄭城的城門擠進了城內。張猛率領將士迎戰李嚴，且戰且退，但是魏軍兵多，華夏軍兵少，魏軍一經進入城中之後，城內四通八達的街巷給了魏軍許多方便之處，一眼望去，四周都是魏軍。

法正、王朗剛剛調遣北門士兵前來增援，忽然聽聞城門被攻破了，魏軍已經殺向了城內，正好迎上了從南門退下來的張猛，兩軍一經會合，法正急忙問道：「泠苞呢？」

「被魏軍殺了。此地不宜久留，速速退去。」張猛叫道。

「想走？沒那麼容易！」

王朗此時趁亂跑到了後面，周圍都是他的舊部，看見華夏軍勢孤，立刻倒戈，指揮士兵開始攻殺張猛、法正。

張猛、法正率領的兩千多人腹背受敵，被王朗、李嚴圍在城中的空曠地帶，兩千多華夏軍的將士接連死去。

最後剩下一千人不到，法正哀怨的望著王朗，恨不得殺了他。

王朗在後面譏笑著，指揮士兵繼續攻殺法正、張猛，眼睛裡更是露出了貪婪之色。

華夏軍被圍在一個小小的坎心裡，李嚴叫道：「投降者免死！」

「投你奶奶個嘴！」張猛抽出一把匕首，朝李嚴投擲過去，憤恨地道。

李嚴大吃一驚，急忙躲閃，匕首刺中身後士兵的面門，立刻一命嗚呼。

法正見四周都是魏軍，仰天長嘯道：「蒼天啊，難道我法孝直寸功未立，便要葬身於此嗎？」

王朗騎在馬背上，指著法正，得意地說道：「法孝直，我要用你的人頭當凳子坐，哈哈哈……」

「嗖！」

忽然一聲響，一支羽箭破空襲來，直接從王朗的後背射中心窩，箭頭從前胸穿了出來，王朗立刻墜馬身亡。

緊接著，滾雷般的馬蹄聲從北門那裡傳了過來，北門被完全打開，一員華夏軍的大將威風凜凜的帶著大批騎兵殺了過來，人人手持大弓，開始朝著前面的魏軍放箭，正是右驃騎將軍徐晃殺到。

張猛、法正見徐晃帶兵殺到，華夏軍將士忽然又有了動力，一起向四面八方的魏軍殺了過去，各個視死如歸。

徐晃等人箭不虛發，所放出的箭矢，魏軍將士紛紛應弦而倒，王朗的舊部見狀，心中膽寒不已，立刻散在兩邊，舉著手中的兵器跪地投降。

徐晃等人未作停留，快馬加鞭，即將靠近魏軍時，紛紛棄弓換弩，手持連弩，一次發十支弩箭，朝著魏軍便是一陣亂射。放完連弩之後，立刻換上馬刀，揮舞著馬刀，直接朝前面的張猛、法正等人喊道：「閃開！」

張猛、法正等人迅速讓出一條道路，徐晃手持金斧，當先開道，身後的部下緊緊相隨，朝著李嚴等人便猛衝了過去。

「轟！」

一聲巨響，騎兵衝撞上來不及防守的魏軍，許多魏軍直接被撞飛，徐晃揮動手中金斧任意殺戮，身後騎兵奮勇向前，使得處在上風的魏軍頓時陷入了苦戰。

李嚴見徐晃殺來，自知不是敵手，便趁機開溜，遁入後軍，指揮士兵向前拼殺。

吳懿、吳班見狀，吳班急忙道：「兄長，不如現在反了，和華夏軍並肩作戰……」

吳懿道：「不可輕舉妄動，我們只有兩千人，這裡前後都是魏軍，許褚尚在城樓上，我們絕不是對手，不如再隱忍一些日子，等到以後再尋良機。」

「那現在怎麼辦？」吳班問道。

「製造混亂。」吳懿道。

兩兄弟私下商議後，當即找了一個不怕死的部下去製造混亂，大聲在軍中喊道：「魏軍敗了！魏軍敗了……」

恰好此時李嚴從陣前退了下來，後面的士兵尚不知情，以為李嚴是敗退下來的，紛紛向後退卻。

李嚴見後軍都跑了，自己跑得更快了。

許褚在城樓上，看到徐晃突然帶著騎兵出現，手便癢了起來，正準備下去和徐晃決戰，哪知道魏軍如潮水般從前方退了下來，一時間擁擠不堪，不少人被活活的踩死。

龐統在城外，見魏軍從城內退了出去，急忙問道：「怎麼回事？」

斥候立刻登山眺望，報告道：「華夏國右驃騎將軍徐晃率部殺到，我軍抵擋不住，正在後退。」

「一個徐晃有什麼好怕的？傳令下去，凡是無故後退者，全部斬殺，所有將士齊心協力，務必在今天攻下南鄭城！凡斬殺華夏軍者，重重有賞，一顆人頭一萬錢，給我殺！」龐統怒道。

重賞之下必有勇夫，龐統的一席話立刻激勵了魏軍的將士，以南鄭城的城門為界，許褚接到命令之後，親自下了城樓，帶著部下橫在城門口，手握鋼刀，先

殺了幾個後退的士兵，緊接著虎軀一震，大聲喝道：

「無故後退者，殺無赦，斬殺華夏軍者有重賞，一顆人頭一萬錢，給我殺！」

激勵將士的命令一經下達，立刻起到一定的效果，後退是死，前進也是死，倒不如向前猛衝，斬殺一顆人頭就能換一萬錢。許多士兵開始回殺，向華夏軍衝了過去。

徐晃帶人已經衝殺到了一段距離，一路上順暢萬分，忽然間魏軍調轉兵鋒，猶如滾滾巨浪朝他衝殺過來，他不知道發生了什麼事，只覺得一會兒便陷入了苦戰。

五千騎兵日夜兼程的趕路，徐晃等人還來不及休息，便立刻投身到戰鬥當中，本以為可以速戰速決，哪知道這會兒碰上了阻力，其部下的劣勢便立刻呈現了出來。

華夏軍和魏軍以城中的廣場為界，在廣場一帶展開了激烈的爭奪，互不相讓。

張猛、法正害怕王朗的部下再度謀反，紛紛將他們的兵器全部收走，押到後面，城中完全依靠徐晃帶來的疲憊之師在苦苦的撐著。

從晨到午，又從午到傍晚，南鄭城裡的戰鬥斷斷續續的進行著，而在城中的廣場上，則已經是血流成河，屍橫遍野。

傍晚，火紅的晚霞映照在南鄭城的上空，與地面形成了完美的一片，紅色的血液灑在地上很快便凝結在一起，像是在城中鋪上了一層紅色碎花的地毯，鮮豔奪目。

此時，經過一天的激戰，兩軍皆是傷亡累累，但都寸土不讓，失去一寸土地，便立刻展開瘋狂的爭奪，導致雙方軍隊都疲憊不堪。

徐晃早已是血透戰甲，整個人成了一個血人，看到法正帶著人從後面趕了過來，每個人的手中都端著食物，趁著這會兒休戰，讓士兵趕忙就食。

「將軍，吃點東西吧！」法正端來一碗熱湯，送到徐晃的面前。

徐晃接了過來，咕咚咕咚的喝了下去，也不覺得燙，喝完問道：「請恕在下眼拙，未能認出閣下，請問閣下大名……」

「在下法正，字孝直，新近歸附華夏國，將軍不認識也是很正常的。」法正不以為意地道。

「嗯，法兄弟，為什麼魏軍會攻打到這裡，皇上呢？」

徐晃初到這裡，一路上接到斥候的密報，說魏軍正在猛烈的進攻南鄭城，一到這裡便遇到魏軍攻城，所以也來不及細想，便立刻帶兵殺了過去，直到這會兒才得以問道。

「皇上在定軍山被魏軍打敗了，現在下落不明，定然是找了一個安身之處藏起來了，然後伺機而動。魏軍急於攻城，南鄭城中兵馬太少，抵擋不住，如果不是將軍來了，只怕這座城已經是魏軍的了。好在武庫和糧倉還有曹操的宗室都在我軍的手裡控制著，只要將魏軍堵在城南，我軍便可以繼續堅守。徐將軍，後續援軍何時抵達？」

「最快明日上午，我已經讓高森率領一萬輕軍加速前進了，後面的兩萬五都是重裝步兵，道路難行，帶著攻城器械，只怕要再過兩天才能抵達。眼下當務之急是儘快和皇上取得聯繫，然後將皇上迎到這裡來，你可有皇上的消息？」

「沒有，但是我相信皇上一定就在附近，他不會放著漢中不管的。」法正很有自信地道。

「嗯，現在這段時間是最難熬的，如果魏軍夜間發動攻擊的話，我們撐不住就完了。對了，今日投降的士兵呢？」

「我怕他們再次謀反，便卸下了他們的武器，暫時關押了起來。」

徐晃想了想說道：「將他們全部放出來，發給他們武器，讓他們穿上華夏軍陣亡將士的外衣，然後讓他們全部到我這裡來，如今兵力不足，他們雖然是降兵，卻是一支生力軍，今夜正好派上用場。」

法正笑道：「將軍，我明白了。」

隨後，法正去找張猛，讓張猛將人給放了出來，帶到徐晃那裡。

徐晃讓他們穿上華夏軍的衣服，對這些人道：

「諸位既然已經投降了我們華夏軍，從今以後就是我們華夏軍的將士了，我是華夏國的右驃騎將軍徐晃，不管你們來自何方，以前做過什麼，從現在起，你們就是我徐晃的部下，我將對你們一視同仁，只要和我共同堅守此地，熬到明天早上，就是勝利。因為，明天早上會有十萬大軍抵達這裡，我希望你們都努力向前，不要計較什麼，以戰死沙場為榮，事成之後，我重重有賞。」

眾人面面相覷，都是一陣狐疑。

徐晃環視眾人一圈，又道：「如果你們要想再次謀反，我也不反對，畢竟螻蟻尚且貪生，何況是人呢，只是，我的部下都是鐵一般的漢子，不是貪生怕死之輩，想活命就離開這裡，我不需要你們這些懦夫。現在，請懦夫自動退出這裡，我會放你們離開此地。」

投降來的三千多人面面相覷，誰也不想當眾承認自己是懦夫。

等了許久，徐晃見無人出來，便道：「既然沒有人承認自己是懦夫，也沒有人站出來，那我就將你們全部認為是勇士了。所謂的勇士，就是勇敢向前，明知道前面是一條死路，是一條不歸路，也要敢於向前衝，以戰死沙場為榮。如果我發現有人膽怯，不戰自退的，將會格殺勿論。現在，我再給你們一次機會，是勇士的都給我站在左邊，是懦夫的給我站在右邊。」

一聲令下，三千多降軍大部分站在了左邊，只有極少數幾個人站在右邊，這等於公開承認他們是懦夫了，立刻遭來許多人的白眼。

徐晃看後，又問道：「還有沒有懦夫？這是最後一次機會，如果到時候你們臨戰脫逃，就別怪我刀下無情了！」

沒人再走出來。

徐晃道：「既然大家都作出了決定，那麼請懦夫脫下華夏軍的軍裝，解去戰甲，放下兵器，我華夏軍不需要懦夫。不過，人各有志，勇士們也不應該去鄙視他們。現在，請懦夫離開，勇士們每人喝一碗酒，今夜堅守此地，不許任何人通過。」

隨後，徐晃的部下端來酒水，挨個給三千多將士斟酒。

徐晃端起酒碗，大聲道：「現在，請告訴我，你們是懦夫嗎？」

「不是！我們是華夏軍的勇士！是將軍部下的勇士！」三千多人齊聲高呼。

徐晃笑了笑，然後舉起酒碗，大喊道：

「華夏國大皇帝陛下萬歲！華夏勇士萬歲！華夏軍萬歲！」

「華夏國大皇帝陛下萬歲！華夏勇士萬歲！華夏軍萬歲！」三千多士兵亦同聲喊道。

「乾了！」徐晃大叫一聲，便將酒全部喝了下去，喝完，猛地將酒碗摔碎。

其餘將士紛紛效仿，一時間酒碗全部碎裂，地上殘渣一片。

「將士們，酒壯慫人膽，現在就跟著我向前衝吧，將魏軍全部清理出城。」

徐晃大聲高呼著，緊握手中的金斧，便立刻身先士卒的衝了出去。

徐晃的身後，原先的部下和新歸附的三千多降兵，合計五千多人，全部一股腦的朝著魏軍所霸占的南端衝了過去，大聲地呼喊著，響徹天地。

魏軍正在休息，忽然聽聞華夏軍的士兵全部衝了過來，倉皇應戰，結果被激勵過士氣的華夏軍直接衝出了數道豁口，前線魏軍抵擋不住，但是也不敢輕易後退，再一次和華夏軍混戰在一起。

與此同時，高飛帶著大軍悄悄的來到曹軍大營的背後，夜色逐漸深沉，眾人暗暗地藏在暗處，伺機而動。

高飛爬上山坡，看到山坡下面魏軍大營裡很是空蕩，兵力都在南鄭城一帶，笑道：「曹阿瞞，我要讓你血債血償……」

楊騰也爬了上來，來到高飛的身邊，說道：「皇上，魏軍的哨探都已經被放倒了，我的族人也準備就緒，只要皇上一聲令下，就可以發起進攻了。大將軍在另外一側派人傳來訊息，只等皇上的信號了。」

高飛點點頭道：「楊族長，真是謝謝你了，這次如果不是你帶路的話，我們肯定無法繞過索緒的大軍，而且你的族人也都願意助我們一臂之力，等擊敗了曹操，我定當重重賞賜你。」

楊騰豪爽地道：「只要能跟隨皇上左右，要不要賞賜都是一樣的。」

高飛道：「給子龍發信號，開始進攻！」

夜色深沉，龐統指揮士兵在南鄭城中和徐晃進行巷戰，激烈的爭奪讓兩軍都已經疲憊不堪，白天的戰鬥在夜晚來臨時，仍舊沒有得到一點停歇。

看到徐晃率領五千多人猛衝了過來，龐統急忙把許褚放在第一線，也只有他才能夠抵擋徐晃的鋒芒。

李嚴死戰不退，吳懿、吳班各懷鬼胎，看到華夏軍猛攻過來，巴不得魏軍敗得快一點，只是一個勁的跟隨魏軍的浪潮進退，卻並不參戰。

許褚帶著自己的五大護衛，從後面趕了過來，見李嚴支持不住了，徐晃奮勇難擋，虎軀一震，大刀劈出，直接將李嚴從徐晃快要落下的金斧之下給拉了回來。

魁梧的身材，矯健的身姿，許褚矗立在那裡，猶如一尊神祇，雙眸注視著徐晃，大聲喊道：「你的對手是我！」

徐晃見許褚忽然出現，心中便是一驚，暗暗想道：「這傢伙和典韋齊名，不知道我能否拼過他？」

李嚴僥倖不死，對徐晃早已是心有餘悸，見許褚來到，立刻抱拳道：「多謝許將軍救命之恩……」

「你退後，這裡交給我，穩住後軍。」許褚道。

「諾！」

李嚴迅速而退，剛才徐晃的一斧頭讓他全身冷汗迭出，現在回到後軍，立刻覺得一陣輕鬆。

「久聞虎癡大名，今日能和虎癡一戰，也是鄙人的榮幸，魏軍大勢已去，我皇又是愛惜人才之人，如果許將軍願意的話，不如……」徐晃握著大斧，向許褚喊話。

許褚矗立在那裡，任由身邊的魏軍將士向前衝去，兩人站在那裡對視著，當他聽到徐晃的話後，二話不說，手中大刀便朝徐晃劈了過去。

徐晃早有防備，急忙閃到一邊，心中暗道：「好快的刀……」

許褚不等招式用老，立刻變招，刀法層出不窮，首先在氣勢和攻勢上壓制住徐晃。徐晃擋得有些吃力，加上心中沒有自信，不敢硬接許褚的刀，只依靠自身的敏捷左右躲閃。

兩人一經開戰，周圍丈許範圍內沒有任何人敢通過。

與南鄭城的激戰相比，魏軍的大營裡則是安靜異常，許多人雖然駐守大營，可是心卻在前線戰場，絲毫沒有注意到他們背後正有兩股兵力正悄悄的向大營方向靠攏。

曹操在大帳裡，躺在臥榻上歇息，剛剛喝下藥不久的他，躺下沒有多久便覺得迷迷糊糊的，整個人昏昏沉沉。

漸漸地，曹操睡著了，做了一個奇怪的夢，竟然夢見自己的頭顱不翼而飛……

「啊……」曹操瞬間從夢中驚醒，大聲的叫了一聲，額頭上滿是汗珠，整個枕頭都被汗濕透了。

「陛下！」

帳外虎衛軍一個都尉突然闖了進來，叫道：「後營起火，左右兩營正遭受華夏軍的猛烈攻擊，已經快殺到中軍大營了，請陛下速速避之！」

曹操聽後，頭更加地疼起來，只覺得自己的頭像是被人給活生生的扒開一樣，大叫道：「應驗了……果然應驗了，朕的頭顱要被高飛砍下來了……」

說著，虎衛軍的士兵陸續進入大帳，直接將躺在病床上的曹操給抬走。

高飛、趙雲突然發動的襲擊讓整個魏軍大營陷入了混亂，華夏軍士兵連同氐人在內，一共一萬餘人，分成兩撥對魏軍的營寨進行猛烈的攻擊。

趙雲在左，高飛在右，楊騰率領氐人乘勢縱火，一時間整個魏軍大營混亂不堪，被大火燒著的魏軍更是撕心裂肺的叫喊著。

曹操被虎衛軍的將士抬出了大帳，看到到處都是火，四周彷彿被華夏軍的士兵給包圍了，加上頭疼得要命，以至於讓他無法正常的思考，指著前方沒有人的

地方便喊道：「去那邊！」

高飛、趙雲不費吹灰之力便殺出左右兩營，朝中軍大營彙集過去，看到曹操要逃走，當即快速衝了過去，將中軍大營的出口給牢牢的堵住。

魏軍主力都在南鄭城周圍作戰，負責指揮前線作戰的龐統看到營寨火光衝天，曹操被堵在裡面，華夏軍正朝營寨中衝，當即下令道：「速速回營護駕！傳令吳懿、吳班帶兵退後，李嚴、許褚抵擋住城中華夏軍。」

聲音一落，龐統當即調轉馬頭，對身邊的千餘名禁衛喊道：「速去護駕！」

命令下達，傳到南鄭城裡的吳懿、吳班的耳朵裡，兩人一陣心花怒放，覺得機會來了，立刻趁亂讓人大聲喊道：「我軍大營遭受襲擊，陛下駕崩了……」

此話一經喊出，眾人都是將信將疑，不約而同的朝後望去，但見喊殺聲響徹天地，龐統帶人已經撤退了，吳懿、吳班也在迅疾的向後退，眾將士盡皆無心戀戰，紛紛向後撤退。

李嚴跑到城門口，見華夏軍堵住了魏軍的中軍大營，對剛才的謠言信以為真，當即向前快速追上吳懿、吳班，道：「兩位將軍，魏軍大勢已去，識時務者為俊傑，我們不如一起投靠華夏軍，將龐統抓起來，也算是有個進身之階……」

吳懿、吳班雖然鄙視李嚴的為人，可是這次李嚴算是和他們站在同一立場上了，當即道：「如此甚好！」

李嚴便對吳懿、吳班道：「龐統對我很是信任，由我去擒獲，兩位將軍都帶有兵馬，可以於亂中取事，以定大局，我三人齊心協力，必然能夠讓魏軍徹底滅亡。」

吳懿、吳班點點頭，李嚴這才迅速向後面趕去，去追龐統了。

「兄長，李嚴的話可以相信嗎？」吳班問。

「李嚴小人一個，但是今天此言或許非虛，姑且可以相信。」吳懿道：「不過，為了以防萬一，等李嚴先擒獲了龐統，我們再動手。」

「好。」

城中。

許褚率領的五大護衛以及百餘名魏軍被徐晃和華夏軍團團圍住，五大護衛紛紛叫道：「將軍，敵圍甚重，衝突不出，傳聞陛下駕崩，不知是真是假……」

「定然是假的，只管作戰，少作其他想法。敵人近我二十步乃叫我！」

許褚手中的大刀沒有徐晃的金斧堅硬，砍出了幾個大捲，心裡因為擔心曹操的安危，一時間有點心不在焉的。

「將軍，二十步了！」

「十步再叫我！」許褚奮力迎戰徐晃。

徐晃一直纏著許褚，雖然知道自己不如許褚，可是也不敢就此輕易放過，因為他知道，一旦放了許褚，許褚就會是一頭出籠的猛虎，說不定又會禍害多少人呢。

「將軍，十步了！」

許褚聽後，快刀斬亂麻，先胡亂砍出許多刀，逼退徐晃之後，立刻轉身朝後揮刀，三刀兩式便將從背後襲來的士兵給殺了，接著再回身與徐晃戰鬥。

徐晃見狀，對許褚的勇猛很是佩服，當即喊道：「你的皇帝已經死了，你還有什麼可忠心的，不如歸順我華夏國，我保舉你做個大將，如何？」

「少廢話，我生是魏國的人，死是魏國的鬼！」許褚大叫道。

徐晃搖搖頭道：「你看看你的周圍，現在你已經是孤身一人了，如何能夠擊敗我華夏軍眾多將士？」

許褚用眼角餘光看了看，剛剛還在的百餘名魏軍已經消失得無影無蹤，地上一片死屍，一個護衛口吐鮮血地倒在地上，向他叫道：「將軍，快走！」

「啊……」

許褚一聲咆哮，鬥志又恢復了過來，大刀揮動，砍死了幾個圍攻的華夏軍士兵，又從華夏軍士兵手中奪下一把鋼製的長槍以及一把鋼刀，右手握刀，左手握槍，仰天長嘯，大喊道：

「陛下，臣來陪你了……」

隨著許褚的一聲吶喊，他整個人臉上青筋暴起，朝周圍的華夏軍殺了過去。

徐晃見許褚冥頑不靈，自己單打獨鬥肯定吃虧，當即拿出單發連弩，瞄準了正在殺戮的許褚，喝道：「既然如此，我就成全你！」

與此同時，徐晃周圍的士兵紛紛端起連弩，朝許褚便是一陣亂射。

許褚盡力抵擋，卻無法擋得住密集的箭矢，先是腿上中箭，緊接著便是胳膊上，臉上，只一通箭矢，便將許褚射得如同刺蝟一般，加上他身上穿的又是普通士兵的鎧甲，防護力較為薄弱，前胸後背都被射穿了。

「轟！」

許褚將手中的長槍刺在地上，衝著徐晃等人叫道：「有我在這裡，誰也別想過去……」

雙目怒嗔，鮮血從他的腿上流淌下來，染紅了周圍的土地。不多時，許褚整個人便僵硬在那裡了，但是身子卻矗立在那裡，巍然不倒。

徐晃看到許褚已經死去，重重地嘆了口氣，道：「典韋、許褚皆是魏國的無雙猛士，死對他們來說，或許是一種解脫……」

他伸出手，將許褚瞪大的眼睛給閉上，對身後的士兵說道：「將虎癡許將軍厚葬，好歹他也是風雲一時的人物。」

「諾！」

「其他人跟我走！」徐晃提著金斧，帶著部下向城外衝去。

魏軍大營裡，火光逐漸蔓延開來，魏軍的糧草大多都集中在中軍大營裡，虎衛軍的將士正保護著曹操不受侵擾，高飛、趙雲、楊懷、楊騰已經殺入中軍大營，將曹操等人圍在坎心中，楊騰占領糧草之後，便立刻率領族人將糧草運走，馬拉車載的，以最快的速度向營外拉。

在大營外面，腿部受傷的張任騎著一匹戰馬，指揮著少許部下，開始接應楊騰。

「曹孟德！你已經被團團包圍了，早點投降，我可以不殺你！」高飛帶兵攻到了轅門，見魏軍的虎衛軍將轅門守衛的如此森嚴，當即大聲喊道。

曹操此時頭疼欲裂，實在是難以忍受，看見高飛已經率軍將自己團團圍住了，剛剛做的那個夢不知不覺的又浮上了心頭，暗暗地想道：「**難道冥冥之中早有安排，我註定要敗在高子羽的手上嗎？**」

越想頭越痛，曾幾何時，神醫華佗要為他開顱治病，他懷疑華佗要殺他，以至於將華佗打入了地牢。如今，他的頭風犯了，世間除了華佗，只怕無人可救。可是，華佗早已經歸順了華夏國，成為華夏國軍醫院的管事，又怎麼會不遠千里的出現在這裡呢。真是天意弄人啊……

曹操還沒有來得及回答，趙雲便急忙貼到高飛的身後，說道：「皇上，龐統正率領大批魏軍返回，我們當速戰速決，不然的話，將會被魏軍前後夾擊了。」

「不用理會龐統，先派一支軍隊緊守營寨，以弓弩暫時抵擋住龐統等人，待解決了曹操以後，再回殺不遲。」高飛當即作出了決斷，「現在，開始發起總攻，此時如果不將曹操擒殺，只怕以後就沒有機會了。」

趙雲點點頭，提著一桿鐵槍帶著人便朝營寨裡衝，虎衛軍的將士雖然前來抵擋，卻擋不住趙雲的猛烈攻勢，身後的士兵全部個個義憤填膺，定軍山一戰，華夏軍損兵折將，使得這些人的心中都帶著一股恨意，紛紛朝著魏軍猛打猛攻。

「孟達、楊懷！」高飛見趙雲帶兵衝了上去，急忙叫道。

「臣在！」孟達、楊懷齊聲叫道。

「你們兩人各率五百人，守在營寨門口，無論是誰，全部予以射殺，弩箭要是射完了就用弓箭、長槍，總之一定要擋住龐統的大軍回營！」高飛大聲叫道。

「臣等遵旨！」孟達、楊懷各自率領五百人去了。

「飛羽軍將士何在？」高飛大聲叫道。

「臣等在！」剩餘的八百多飛羽軍將士齊聲應道。

「速速從右側支援趙將軍，務必將曹操給我擒來。」

高飛縱觀全域，看到右側兵少，離曹操最近，便立刻指揮所有的飛羽軍殺了過去，他自己則待在原地，環視四周，見火勢逐漸蔓延過來，又見魏軍大多都從南鄭城裡退了出來，徐晃帶著人也正在追殺魏軍，心想這一戰他是穩贏了。

龐統帶兵快要奔馳到營寨前面的時候，忽然從營寨裡射出許多箭矢。

「殺，給我殺進去，救出陛下者，封萬戶侯！」龐統見狀，立刻再次以高昂的價碼激勵著部下。

魏軍紛紛向前，密密麻麻的人群黑壓壓的一片，朝著營寨便衝了過去。

華夏軍雖然有連弩在手，射出的箭矢也夠密集，但是終究人少，不及魏軍士兵多，被魏軍向前一陣猛衝，便立刻感到了一陣壓力，開始手握兵刃，堵在寨門口與魏軍交戰，死活都不讓魏軍過去。

此時，李嚴快速的趕到了龐統的身邊，見到龐統後，叫道：「軍師，我們抵擋不住徐晃的攻勢，已經全線潰敗了……」

「什麼？許將軍呢？」龐統急忙問道。

「許將軍為了掩護我等撤退，以至於身陷重圍，只怕也是凶多吉少。」李嚴回道。

這邊話音剛落，那邊斥候便回來傳話，說道：「許將軍壯烈殉國了……」

龐統環視了一下戰場，看到周圍混戰不止，如果不是高飛等人突然偷襲了營寨，只怕現在他已經將南鄭城給拿下來了。就連他自己也在納悶，索緒的三萬兵馬是幹什麼吃的，為什麼沒有抵擋住高飛，而且還沒有上報。

他抬起頭，仰望星空，看到夜空中的紫微帝星耀眼奪目，位居於西北的那一顆代表梟雄曹操的星星卻變得越來越暗淡了，不知道為什麼，他的心中有一種說不出的感受，**自己入魏國不過才兩月多一點，才華還未得以發揮，怎麼代表曹操的那顆最明亮的帝星會發生逆轉？**

他暗暗想道：「天象如此不堪，難道魏國真的要亡了？」

正在龐統望著夜空猶豫不決之時，李嚴見龐統周圍沒人注意，突然對著龐統發難，將龐統直接挾持了，抽出腰刀架在龐統的脖子上，衝著正在趕來的吳懿、吳班喊道：「還不動手，更待何時？」

吳懿、吳班見李嚴果然挾持了龐統，當下便突然發難，雖然只有兩千部下，卻也將魏軍打得措手不及，亂上加亂。

徐晃在後面狂追，看到吳懿、吳班公然造反，心中高興不已，叫道：「魏軍氣數已盡，大家兵力向前，立功就在今日，殺啊！」

華夏軍頓時聲勢如虹，猶如滾滾江水一般向著魏軍湧去。

李嚴挾持了龐統後，便對周圍的軍士喝道：「都放下兵器，所有人不得亂動，否則我殺了他！」

「都不要管我，救陛下要緊……」龐統急忙喊道。

「砰！」李嚴用刀柄狠狠地砸在龐統的肩膀上，發出一聲悶響，罵道：「你找死！」

從未挨過打的龐統登時覺得身上的骨架都要被打散了，但是他仍是繼續對士兵喊道：「快去救陛下……」

楊懷、孟達見李嚴挾持了龐統，魏軍停滯在那裡，兩人對視一眼，立刻帶兵從營寨中殺了出去，很快便衝到李嚴的身邊，護著李嚴將龐統帶入軍營。

第四章

天賜良機

法正道：「此刻魏軍群龍無首，索緒、夏侯惇、荀彧都非皇上敵手，黃權等蜀漢舊臣也都是不得已而投降魏軍，如果皇上可以在此時發兵，魏軍在蜀地立足不穩，蜀漢舊臣、百姓都自然會反魏而迎華夏，此時正是天賜良機。」

同時，吳懿、吳班在魏軍當中趁勢為亂，徐晃很快的衝了過來，立刻匯合在一起，朝魏軍發起猛攻。楊懷、孟達也將失去指揮的魏軍全部殺散，只見魏軍四處逃竄。

中軍大營戰況更是激烈，曹操的虎衛軍正在做最後的搏鬥，虎衛軍皆是精銳之士，殺死趙雲部下的普通士兵不少，若非飛羽軍即時趕到，只怕趙雲就要被虎衛軍團團圍住了。

王牌對王牌，虎衛軍、飛羽軍分屬不同國籍，皆是帝王身邊最為精銳的部隊，在曹操和高飛的面前進行著火拼。唯一不同的是，飛羽軍由趙雲帶領，而許褚卻已經陣亡多時了。

不一會兒功夫，三百虎衛軍全部壯烈犧牲，飛羽軍的將士也陣亡了二百多人，趙雲帶著剩下的飛羽軍將曹操包圍了起來。

高飛見大勢已定，立刻向前走去，撥開人群，看到曹操的表情難受之極，便道：「看來孟德兄是有恙在身啊……」

曹操強忍住頭疼，見高飛神采奕奕，冷笑一聲道：「托子羽賢弟的洪福，我才一直堅持到今天，只可惜定軍山一戰未能將你剿滅……」

話語間，曹操透著幾許無奈，如今四面都是華夏軍，這種情況，很明顯他已經是回天乏術了。

「孟德兄，投降吧，你我兄弟一場，一起攜手共建美好未來，豈不是很好嗎？」高飛道。

「你別假仁假義了，咱們兩個都應該很清楚，我們是不可能在一起共事的，我們的想法完全不一樣，為政理念也不一樣，如果一樣的話，早在當年就一起共同打天下了，哪裡還會有現在的兵戎相見？我若不死，估計你也不會安心。」曹操冷笑道。

「既然如此，那我也沒有別的辦法，只好如你所願了，你的家人我會代為照顧的。不過，在你死前，我還希望你能再做一件惠民的大事，希望你能夠親手寫一道聖旨，讓你的部下就地投降，這樣，百姓就不會遭受戰亂之苦了，你說是嗎？」

「哈哈哈……你說得不錯，我一生殺人無數，今生罪孽深重，也是該做些補償了，你過來，我寫好後親自交給你……」曹操大笑道。

「你以為我傻啊？我過去，豈不是讓你的部下抓我？你寫好後扔過來就是了。」高飛朝身邊的人使了個眼色，立刻有士兵將準備好的紙筆給送了過去。

曹操笑了笑，什麼都沒說，拿起筆便開始奮筆疾書，洋洋灑灑的寫了許

多字。

高飛心中暗道：「孟德兄，你可是為天下太平做出了一大貢獻啊，巴蜀之地，只要你的一紙檄文，便可傳檄而定，使得蜀中多少百姓可以免去戰亂之苦，又使得多少將士可以存活下來，一將功成萬骨枯，用你一條命，換取巴蜀數百萬之民的命，你這個皇帝沒算白當。」

等到曹操寫完，便讓部下將所寫內容送到高飛面前，高飛接到後，面上大喜，可打開一看，哪裡是什麼檄文，而是一首詩，只見曹操蒼勁有力的寫道：

「鴻雁出塞北，乃在無人鄉。舉翅萬里餘，行止自成行。
冬節食南稻，春日復北翔。田中有轉蓬，隨風遠飄揚。
長與故根絕，萬歲不相當。奈何此征夫，安得去四方。
戎馬不解鞍，鎧甲不離傍。冉冉老將至，何時返故鄉。
神龍藏深泉，猛獸步高岡。狐死歸首丘，故鄉安可忘。」

從曹操的字裡行間以及整首詩的內容來看，只覺得一股悲涼襲上了心頭，整首詩給人一種含蓄深沉、內蘊豐富之感。

詩歌寫思鄉情結，雖充滿悲涼淒切情調，但結處以神龍、猛獸等作比，悲涼中不覺過於柔綿，反而迴蕩著剛健爽朗之氣，全詩絲毫不見華麗詞句，唯見其樸實之語，這正是曹操詩的特點之一，是慷慨悲涼之特色的體現。

「孟德兄……你……」高飛搖了搖頭，不再說話了。

曹操道：「哈哈哈……子羽賢弟，讓你失望了吧？巴蜀之地號稱天府之國，你若真有本事，就自己去取，何必讓我寫什麼檄文，何況蜀中百姓對我恨之入骨，又怎麼會聽我的命令？人之將死，其言也善，我只求子羽賢弟能夠善待我魏國遺臣，如果他們不願意投降，就讓他們解甲歸田，相信在子羽賢弟英明神武的領導之下，華夏國會達到一個前所未有的歷史巔峰……」

說完這句話，曹操轉身對身邊的虎衛軍將士說道：「你們都是朕身邊貼身的侍衛，從今天起，你們自由了，你們不再屬於朕，可以想去做什麼就做什麼了。華夏國是個好去處，朕此次敗得心服口服，一點也不後悔，你們都走吧！」

「不！陛下，我等願意與保護陛下殺出重圍……」餘下的幾個將士說道。

曹操環視一周，見周圍華夏軍多不勝數，身邊只有幾個人，根本無法衝出去，而且自己也已經看透了。**天下，已經不再是他的了，他只是歷史的一個匆匆過客，僅此而已。**

「你們都走吧，不要為了朕……」

「保護陛下，衝出重圍，殺啊！」

幾個愚忠的將士紛紛朝著高飛殺了過去。可是，不等他們殺到，箭矢就奪去了他們的性命。

高飛扭臉看向趙雲，朝趙雲使了個眼色，趙雲會意，大踏步走到曹操的面前，畢恭畢敬的向曹操鞠了一躬，之後便將雙手伸到前面。

曹操看著趙雲俊朗的面孔，緩緩地解下了腰中的倚天劍，放在趙雲的手裡，之後又將頭盔、盔甲全部解下，說道：「可惜如此勇將不是朕的，朕真是恨意綿綿啊……」

趙雲只是微微一笑，手捧著盔甲、武器，對曹操說道：「請跟我來吧，我親自送你上路，如果有來生，或許我會考慮一下跟隨在你的身邊。」

曹操聽後，得到了一絲欣慰，爽朗地笑了起來。

高飛抬起手，讓全軍散開，所有的將士都閃開一條道路，趙雲將盔甲、武器交給高飛，帶著曹操一起向遠處走去。

當曹操經過被李嚴挾持的龐統身邊時，龐統的眼神中露出惋惜之色，輕聲道：「陛下，臣無能……」

「軍師不要這樣說，軍師是有大才之人，只是朕沒有給你充分發揮的餘地，軍師還年輕，以後的路還長著。高飛是個愛惜人才的人，你投靠華夏國吧，以後或許也是一代名臣。」

「陛下，不如……」

「軍師你不用說了，朕和你不一樣，朕是皇帝，一國之君，而且朕一天不死，高飛也不會一天安心。若非數年前得到軍師叔侄搭救，只怕朕早已葬身在中原了，哪裡還有現在的光景？軍師，以現在的形勢來看，非高飛不能定天下，你……好自為之吧……」

說完，曹操便跟著趙雲走了，任由龐統等被俘虜的魏軍將士在一旁吶喊，他只是一笑了之，很快便消失在眾人的面前。

曹操走後，高飛讓人清理戰場，自己回到南鄭城裡，看到城裡屍山血海的，就知道南鄭城裡的戰鬥是多麼的血腥和殘酷了。

太守府裡，徐晃、張任、法正、楊懷、張猛、楊騰、楊懷、孟達、李嚴、吳懿、吳班等人齊聚一堂。

高飛坐在太守的位置上，喊道：「帶龐統。」

不多時，門外的侍衛便將五花大綁的龐統給帶上來。

高飛親自將龐統給鬆綁，然後向龐統深深地鞠了一躬，說道：「久聞鳳雛大

名，請受我一拜！」

龐統見高飛如此禮遇，急忙跪在地上，磕頭道：「我只是個階下囚，如何能當得了陛下如此大禮……」

「蜀地難行，魏國攻蜀，全賴先生智計過人，只短短月餘時間便將蜀地平定，實在是一件大功，我只恨未能在之前得識先生，不然的話，天下早已大定了。」

龐統見高飛霸氣內斂，與曹操有著極大的區別，雖然是皇帝，卻沒有皇帝的架子，讓人覺得平易近人。

他暗暗想道：「難怪有那麼多人願意為他捨生忘死。陛下曾經說過，非高飛不能定天下，陛下十分的瞭解高飛，應該所言不虛……」

「陛下如此禮遇，士元敢不效犬馬之勞，只是，士元心中有一點擔憂，如果陛下能為士元解除這個擔憂，士元當盡心盡力的為陛下出謀劃策。」龐統道。

高飛聽後，驚喜道：「先生請講。」

龐統看了曾經挾持自己的李嚴一眼，便道：「士元所擔憂著，乃李嚴也。此人居心叵測，反覆無常，他若不死，士元不敢歸順華夏國，另外，為陛下計，為華夏國計，李嚴不除，也必然會成為華夏國的一大後患！」

李嚴聽到龐統的話，忙跪地道：「陛下，你不要聽龐統胡說，我是真心投靠華夏國的，我對陛下是忠心耿耿的，我……」

高飛看了看張任、楊懷、吳懿、吳班、法正、孟達等蜀將，見他們的眼裡對李嚴都有鄙夷之色，而且在正史中，諸葛亮在前面打仗，李嚴卻在後面扯後腿，確實不是什麼好鳥。

華夏國人才濟濟，也不在乎李嚴一個，當即對左右說道：「將李嚴拉出去，砍了！」

「陛下，我……」

李嚴見狀不妙，狗急跳牆，登時起身，拔刀而出，直接刺向高飛，怒道：「我投降你，你卻要殺我，你不仁，也別怪我不義！」

「皇上小心！」眾人高呼道。

高飛眼疾手快，後腿一抬，當即將李嚴踹倒在地，與此同時，吳懿、吳班、張任、楊懷、孟達紛紛一擁而上，立刻將李嚴斬成肉泥。

龐統看後，算是解了自己的氣，當即向高飛拜道：「吾皇在上，請受龐士元一拜！」

清晨的第一縷陽光照射在南鄭城裡，城中被清洗過的地面彷彿鍍上了一層金，閃閃發光。

昨夜城中的一片狼藉早已不在，屍山血海的場面也被洗刷得一乾二淨，但是空氣中還是瀰漫著一股血腥的味道，南鄭城外的山坡上，遍地都是墳墓，彷彿在見證著昨夜的激戰。

高飛登上城樓，見趙雲從南門外騎著馬獨自一人回來，便讓人將趙雲叫上來。

趙雲來到高飛面前，見龐統、法正分別侍立在高飛左右，便參拜道：「臣趙子龍，參見皇上。」

「不必多禮，大將軍，朕交給你的事，可曾辦妥？」高飛問道。

「皇上放心，臣已經全部辦妥了。」趙雲抱拳道。

「嗯……」高飛轉過身，對龐統、法正說道：「二位先生，請去北門那裡，通知右驃騎將軍徐晃，讓他整頓兵馬，選出一萬將士，隨時聽候吩咐。」

龐統、法正同時「諾」了一聲，便一起離開了城樓，之後便見高飛拉著趙雲到了一個角落裡，小聲說了些什麼話。

兩個人一起來到城樓下面後，法正便問道：「士元賢弟，你不覺得皇上有些不對勁嗎？」

龐統新近歸附，凡事都謹慎異常，看了法正一眼，輕聲道：「我不明白孝直兄的意思。」

法正道：「傳令這等小事，只要讓一個哨兵去做就好了，皇上卻讓我們兩個人一起去，這還不奇怪嗎？」

「呵呵……」龐統笑而不答。

「很明顯，這是皇上故意要支開我們，然後和大將軍說一些話。」

法正點到即止，並不明言，但是心中卻想：「大將軍殺一個曹操，居然一夜未歸，殺一個人，能用這麼多時間嗎？這其中必有一些不可告人的秘密，難道……難道是皇上沒殺曹操？不可能的……皇上差點被曹操搞得無處容身，怎麼可能會放虎歸山呢？」

法正邊走邊想著，卻始終想不通是何道理。

龐統卻氣定神閒的，看到法正眉頭緊鎖，勸解道：「孝直兄，皇上有皇上的想法，咱們做臣子的，可以揣摩皇上的意思，但是有些事，只可意會不可言傳，希望孝直兄能夠明白。」

法正怔了一下，看到這個比自己年紀略小，長相有些其貌不揚的龐統，不禁

發自內心裡佩服他，道：「你居然能夠看穿我的心思？」

「呵呵，孝直兄說笑了，我只是隨口說說罷了，只希望孝直兄不要庸人自擾罷了。」龐統解釋道。

「哈哈哈……知我者士元也！沒想到我法孝直能夠遇到士元賢弟這樣的知己，真是痛快痛快！士元賢弟，南鄭之圍雖然被解了，可是魏國的大將軍索緒還在定軍山一帶駐守，不知道士元賢弟如何打算？」

「攻心為上，索緒者，涼州敦煌人也，原本是馬超舊部，後來被迫投降魏軍，索氏一門忠烈，更兼索緒文武雙全，是一位不可多得的大將，如果能夠說服他投降華夏軍，則可免除刀兵。」

「善。皇上讓徐將軍聚集兵馬，我想大概就是準備去對付索緒，此去西蜀關山阻隔，千里迢迢，山高險阻，必須要恩威並用才行。」

「一切聽皇上安排即可。」龐統道。

此時，右驃騎將軍徐晃正在北門城外焦急地等待著，時不時拿出望遠鏡向外眺望，可惜山路彎彎，正前方只能看到少許的一個彎道。

不多時，徐晃便瞅見彎道上駛來一股兵馬，急忙用望遠鏡望去，見為首一人正是高森，當即歡喜異常，叫道：「終於來了！」

與此同時，龐統、法正也抵達了北門，向徐晃行禮，然後將高飛的命令傳達了下去。

徐晃聽後，點點頭道：「請回覆皇上，我已經準備好了，隨時聽候差遣。」

龐統、法正回到高飛身邊時，趙雲已經離開了。高飛見龐統、法正到來，便道：「這裡沒有外人，你們兩個人都是智謀之士，漢中之圍雖解，尚有索緒的三萬大軍在定軍山一帶，還有夏侯惇、黃權的三萬大軍駐守在葭萌關，成都那裡也有五萬魏軍，得隴望蜀，我想趁勢對蜀地發起進攻，不知道你們意下如何？」

法正道：「此刻魏軍群龍無首，索緒、夏侯惇、荀彧都非皇上敵手，黃權等蜀漢舊臣也都是不得已而投降魏軍，如果皇上可以在此時發兵，魏軍在蜀地立足不穩，蜀漢舊臣、百姓都自然會反魏而迎華夏，此時正是天賜良機。」

龐統道：「我也贊同法孝直的意見，不過，當採取攻心戰術，魏國皇帝已經在南鄭駕崩，可將此消息公諸於眾，相信會收到意想不到的效果。我軍才以雷霆之勢攻略西川，月餘時間便可平定西蜀。皇上若想出征，士元願意為前部，首先去勸降索緒，以免去華夏軍和魏軍的刀兵相向。」

「很好，那我派人與你同去，然後保護你……」高飛道。

龐統擺手道：「皇上，那倒不用，士元孤身一人去勸降索緒足矣，人多了反而礙事。」

「好吧，那你什麼時候啟程？」

「越快越好。」

「那就今天吧，你去收拾一下，牽一匹馬就離開南鄭吧，此去定軍山，一天便可抵達。」

「那臣告辭了。」龐統轉身要走。

「等等！索緒是個人才，曾經是馬超舊部，曾經有功於魏國，以兩萬軍士斬殺了十萬在關中為亂的羌人，曹操對其深為器重。此人之才，不亞於我華夏諸位大將。你暫且為禮部尚書，見到索緒以後，就告訴索緒，只要他肯歸順，我就封他為歸義大將軍、一等侯，侯爵世襲罔替，永鎮敦煌。」

高飛見龐統要走，覺得如果沒有一點籌碼給龐統談判的話，龐統未必能夠說服索緒，在思索了一番後，交代龐統道。

龐統聽後，見高飛對索緒如此器重，還給他如此厚重的封賞，更增加了一倍的信心，雖然他現在還摸不清華夏國的官制，以至於不清楚禮部尚書到底是多大的官，但是他很清楚，這只是暫時的，以後跟著高飛，肯定會成為一代名臣。

「皇上放心，臣定當勸降索緒就地投降，請皇上於半日後再出兵。」龐統道。

「嗯，放心去吧。」

龐統當即下了城樓，然後騎上一匹戰馬，獨身一人快速馳出了南鄭城。沿著道路，龐統快速行駛，向前奔馳了不到三十里，便看見路邊有一塊新的墓地，周圍還有人守護，墓地樸華無實，但見墓碑上刻著「魏武帝之墓」。他看了以後，當即跳下馬背，雖然沒有寫名字，但是他知道，這是曹操的墓，急忙跪在曹操的墓前，哀傷地道：「陛下……」

守墓的士兵認識龐統，也不去阻攔，只是勸慰龐統節哀順變。

龐統哭過之後，向曹操的墓拜祭了一下，然後便上馬走了，生怕耽誤了大事，心中想道：「原來陛下真的已經駕崩了……」

傍晚時，龐統抵達沔陽，在沔陽城裡小住一晚，之後便趕往定軍山，去見索緒。

定軍山的大營裡，索緒將士兵全部派出去搜尋了，連續好幾天，始終沒有搜索到高飛等人，就像是憑空消失了一般。

直到龐統出現時，索緒還在指揮人繼續搜索。看到龐統來，不禁狐疑地道：「軍師，你怎麼來了？」

龐統面帶哀傷地道：「我已經不是軍師了，我現在是華夏國的禮部尚書，我是來勸降你的。」

「什麼？陛下呢？」索緒急忙問道。

「陛下……已經駕崩了……」

隨即，龐統將來龍去脈說給了索緒聽。

索緒聽後，憤恨地道：「哎！功敗垂成，陛下駕崩了，魏國就等於徹底滅亡了。軍師，你真的投降華夏國了？」

「形勢所迫，而且是陛下臨終的遺命，說非高飛不能定天下。我此次前來，正是奉命勸降你，我皇對你甚是器重，只要你肯帶兵就地歸順，就封你為歸義大將軍、一等侯，侯爵世襲罔替，永鎮敦煌。目前華夏國只有五個大將軍，如果你歸順了，就是第六個，地位何等尊崇，我想你應該比我清楚。多餘的話我就不說了，你是個明白人，好好的想想吧。」龐統開門見山地道。

索緒確實是個明白人，數年前，為了索氏一族以及關中百姓的安危，他歸順了曹操，現在，**他又站在了另外一個風口浪尖處，真是有些造化弄人。**

他認真地想了想，對龐統道：「不！如果我再歸順華夏國，我與那些反覆無常的小人有什麼區別？陛下待我索氏一族不薄，我的幾位族弟都在魏國為官，陛下駕崩，我應該去陪他才對。」

「你的舊主馬超就在華夏國，聽說張繡也已經歸順了華夏國，難道你不想與他們團聚嗎？」龐統皺起了眉頭，急忙勸說道。

「馬超雖然是我舊主，卻不是明主，我遇到陛下之後，才知道什麼是明主，**自古忠孝兩難全，我索緒前者選擇了孝道，為了保全自己的族人而歸順了陛下。今次我將選擇忠義二字，為陛下盡忠。**」索緒面無表情地說道。

「你這又是何苦呢？如果你能親自和我皇暢談一番，你就會發現，我皇比陛下尤過之而無不及，我可以為你安排……」龐統見索緒不肯投降，擔心兵革又起，極力遊說道。

「不必了，我意已決，不必多言。我聞華夏國從不毀人家室，我死之後，索氏一族就全部解甲歸田，免得落個家破人亡，宗族離散……」

「大將軍，既然如此，不如殺到漢中去，為陛下報仇，然後通知夏侯將軍，從葭萌關出兵，相信我軍兵鋒絕對可以給予華夏軍一次重創！」索隆在一旁道。

索羅也道：「大將軍，一不做，二不休，只要我們占據定軍山和天蕩山，華夏軍就無法從這裡渡過，與華夏軍決一死戰。」

「都給我閉嘴！」索緒喝道：「即使堵住華夏軍一時，也堵不住華夏軍一世，如此戰鬥下去，不知道又要有多少英魂葬身此處。既然我們無法阻擋華夏軍入寇西蜀的腳步，不如移開步子，放其過去，也算是為將士、為百姓做了一件好事。**天下三分，華夏最強，魏軍大勢已去**，無法阻擋華夏國所發動的統一戰爭，**就讓我助華夏國一臂之力，讓這個世界少些征伐吧！」**

龐統聽後，對索緒的行為給予了積極的肯定，**曹操一死，只怕已經無人能夠阻擋住高飛前進的腳步**，自漢末群雄並起，之後互相角逐，高飛一步步的走來，群雄都盡數被踩滅在腳下，而他所採取的聯吳策略，確實給他帶來了極大的方便，至少可以讓華夏軍全心全意的去剿滅一個又一個對手。

「大將軍，你怎麼如此糊塗啊，以我看，不如先抓住龐統，然後用龐統的人頭來祭旗，等到夏侯將軍從葭萌關一到，便立刻對華夏軍發起總攻，以華夏軍現在的姿態來看，華夏軍已經是強弩之末了。」索隆道。

「放肆！」索緒怒視著索隆，大聲地道：「解下你的盔甲，丟下你的武器，不管你用什麼方法，滾回敦煌老家去！」

索隆也是一肚子怒火，當即看了龐統一眼，拔出腰中的劍就要去刺龐統。

「錚！」索羅也同時拔出了腰中佩劍，直接擋住索隆，叫道：「你冷靜點！」

「都給我退下！」索緒怒不可遏地道。

索隆、索羅紛紛退後，還劍入鞘。

「去將全軍所有軍司馬以上的人全部叫到這裡來！」索緒下令道。

索隆、索羅悻悻而退，索緒則請龐統坐下。龐統已經知道索緒不會進行抵抗了，對自己更沒有惡意，當即坐在那裡，靜靜地等著索緒的下一步行動。

不多時，全軍軍司馬以上的人都被叫到大帳前面，索緒環視諸位將校，宣布道：「陛下已經駕崩了，華夏軍正在來的途中……」

「陛下……」眾人聞訊，登時嚎啕大哭，傷心落淚。

索緒的臉上也是一陣哀傷，然後指著龐統道：「諸位，我準備將這三萬大軍盡數移交給龐士元，如今龐士元已經歸順華夏國，陛下留有遺命，說非華夏國不能定天下，我等也不好違抗，我準備就地易幟，可以免去和華夏軍的兵戎相見，軍中將士大多都是關中和涼州子民，休兵之後，如果不願意繼續留在軍中，可以遣返回鄉，我這樣做，也是為了你們著想，我半生戎馬，殺人無數，現在，我想為統一做一點貢獻，現在就做個表決吧。」

眾人出征多時，思念家鄉，而且蜀地不適合他們居住，雖然為曹操的死感到傷心，但是為自己打算，都不願意再做無謂的掙扎了，曹操曾是他們的主心骨，如今曹操已死，索緒的意思又很明確，所有人都不吭聲。

「沒人出聲，那我就當你們都默認了。」索緒轉過身子，對龐統說道：「士元，我將這三萬兵將全部委託給你了，希望你善待他們。」

說完，索緒便走進了大帳，放下捲簾，誰也不讓進。

龐統原來在軍中就有很高的威望，索隆、索羅雖然心中不平，但是面對索緒，他們也不敢造次，只有遵從索緒的選擇。

「你們放心，我皇英明神武，仁義無雙，必然不會為難你們，我皇傍晚便到，到時候是走是留，由你們自行決定。」龐統朗聲道。

將士們的臉上都表現出幽怨之色，但是誰都沒有說話，只是在心裡做打算，到底是留還是走。

龐統轉身朝大帳走去，掀起捲簾，便看見索緒倒在血泊當中，雙膝跪地，耷拉著腦袋，手中長劍插在地上，右手還在緊緊地握著長劍，劍刃上的血正一點一點的流下來，他的胸前則是一片血光。

「大將軍——」龐統見後，驚呼一聲，跪倒在地上。

索隆、索羅等人見後，立刻圍了過來，見索緒跪在血泊當中，亦紛紛跪在地上，忍不住嚎啕大哭。

一時間，軍中哭聲不止，在這些人的心目中，索緒的威望比曹操還要高，因為他們都是索緒的舊部。

傍晚時分，高飛率領趙雲、徐晃等一萬名華夏軍浩浩蕩蕩的開到定軍山下，見龐統率領眾多魏軍將士等候在路邊，便笑了起來，對趙雲、徐晃道：「龐士元果然把索緒勸降了……咦，怎麼不見索緒？」

兩軍相見，高飛見龐統面容慘澹，疑道：「士元，怎麼回事？索緒呢？」

「索將軍他……哎！」龐統重重地嘆了口氣，無奈地搖了搖頭。

高飛這才注意到，所有將士的臉上都是一片愁容，隨即翻身下馬，問道：「士元，究竟是怎麼回事？」

「索將軍自刎而亡，臨終時將這三萬兵馬交給我，讓我代為照顧。」龐統道：「索隆、索羅已經將索緒的屍首抬走了，二人也已辭官不做，回敦煌去了。」

「索緒英烈！」高飛聽後，對索緒油然生出一份敬佩之心。

當晚，大軍駐紮在定軍山下，漢中的一場大戰，華夏軍和魏軍雙方死傷慘重，數萬英烈的將士為國捐軀。高飛有感而發，特別命人在定軍山上立下一座忠烈祠，以祭奠那些在戰爭中死去的亡魂。

同時，高飛也不強人所難，知會全軍，願意留下來的就留下來，不願意留下來的發放路費以及通關文牒，讓他們解甲歸田，回秦州、涼州老家。

於是，第二天清晨，三萬大軍中有一萬名將士表示厭倦了戰爭，要解甲歸田。高飛讓龐統負責此事，給他們發放路費，簽發通關文牒，放他們歸去。

之後，高飛重整兵馬，合計三萬將士向葭萌關出發。

他以徐晃為前部，龐統繼續擔任神機軍師，自己率領中軍，趙雲領後軍並且負責押運糧草，浩浩蕩蕩的出發了。

漢中方面，高飛任命法正為漢中太守，張任、高森分管兵馬，以鎮守漢中，楊懷、吳懿、吳班、孟達跟隨高飛大軍一起去葭萌關。並且派出斥候，放出曹操駕崩的消息。

葭萌關的關城內，夏侯惇還在為曹操將自己貶謫而感到氣憤，整日飲酒，關城內外的三萬大軍盡數由車騎將軍黃權統領。

這日清晨，黃權還在關城內調集糧草，忽然聽聞一股兵馬從西漢水沿河而下，已經渡過西漢水，抵達葭萌關的背後，急忙派人去打探，這才知道是馬超帶領兩萬兵馬殺到，立刻去派人召見夏侯惇。

「將軍，夏侯校尉他正在飲酒，我等不敢打擾……」黃權的部下說道。

「怕什麼？就是抬也要將他抬過來，就說陛下有聖旨給他，他必然欣然前來。」黃權道。

「諾！」

於是，士兵按照黃權說的去叫夏侯惇，正在興頭上的夏侯惇聽到有聖旨給他，果然欣然前來。

夏侯惇滿身酒氣的來到關城內，一見到黃權，便問道：「聖旨在哪裡？」

「聖旨沒有，只是我怕將軍不來，特意假傳聖旨，形勢所逼，還請將軍見諒。」黃權道。

「哼！你敢假傳聖旨？活得不耐煩了，掃了老子的酒興，老子……」

「夏侯將軍，馬超率領兩萬大軍已經抵達葭萌關，現在正在迅速進兵，兵鋒直抵三十里鋪，如果再不做任何打算，只怕馬超就要殺來了。」黃權怒道。

「你說什麼？」夏侯惇聽到後，狐疑地道：「馬超來了？真的？」

「剛剛探明的消息，馬超率領兩萬大軍從武都沿著西漢水順流而下，本來那

裡有一座小關隘，是要夏侯將軍去駐守的，結果將軍說無礙，一直在這裡沒有去，才給了馬超可乘之機！」

「備齊兵馬，我去親自迎戰馬超！」夏侯惇知道自己錯了，當即說道。

葭萌關西南三十里鋪。

馬超率領的兩萬大軍經過日夜兼程，終於抵達了這裡，一上岸，便立刻以強行軍的姿態向前挺進。

現在已經是二月中旬了，冰雪大多消融，所以道路有些泥濘，剛走不到二十里，人馬弄得都是泥漿，不得不停下來，暫時駐紮在三十里鋪。

臨時大營紮好以後，馬超還來不及解下盔甲，便聽聞斥候前來彙報，說魏將夏侯惇率領大軍正超這裡奔馳而來。

「來得正好，傳令全軍，迎戰！」馬超提起地火玄盧槍，叫囂道。

忽然，馬超靈機一動，道：「等等……去將幾個校尉叫過來，商議一下對策，看看怎麼樣出奇制勝。」

「諾！」

不一會兒，幾個校尉全部聚集過來，抱拳道：「將軍。」

「嗯！大家都坐下，現在開戰前臨時會議，夏侯惇率領兩萬大軍正從葭萌關殺了過來，我想設下伏兵，伏擊夏侯惇，不知道諸位意見如何？」

馬超身邊沒有謀士，只有依賴帳下的幾個前鋒校尉，當即詢問道。

幾個前鋒校尉於是各抒己見，然後和馬超的意見一綜和，便制定出伏擊的計畫。計畫制定好後，當即著手實行。

一個時辰後，夏侯惇率領兩萬馬步軍趕了過來，道路泥濘，弄得人馬看上去像是從泥堆裡爬出來的一樣。

「將軍，前面便是三十里鋪了，華夏軍在此紮下了臨時的大營，毫無堅固可言，只要將軍向前一衝，立刻就能將營寨踏平。」斥候回來報告道。

夏侯惇滿面春風，笑道：「昔日長安城讓馬超逃走，這次可沒有那麼容易了，傳令下去，全軍加速前進，我要給馬超一次重擊。」

「諾！」

話音落下，夏侯惇手持大刀，身先士卒，第一個便跑了出去。

這一帶多是山地，而馬超所紮下的營寨正好在山道上，華夏軍的大旗迎風飄揚，「馬」字的大旗被吹得呼呼作響。

夏侯惇帶領三千騎兵在前，剩餘的一萬七千名步兵在後，兩萬兵馬沒有間歇，直接朝著營寨攻擊了過去。

華夏軍的大營是用枯樹枝環繞四周，士兵更是表現出疲憊之色，所以夏侯惇看後，想都沒想，直接帶兵衝了過去。

大營中的華夏軍士兵見夏侯惇率領大軍浩浩蕩蕩的殺來，一聲疾呼，便向後退卻，四處奔走，看上去大營裡凌亂異常。

夏侯惇見後，哈哈大笑道：「華夏軍也不過如此，今天不取下馬超的人頭，我誓不為人。給我衝，殺光他們！」

華夏軍士兵在營中潰散，一時間丟盔棄甲，看上去根本不像是軍隊。

夏侯惇一馬當先，躍馬跳過橫在營寨外面的柵欄，舞著大刀便進入大營，哪知道才剛向前跑了幾步，座下戰馬忽然馬失前蹄，直接將夏侯惇從馬背上狠狠地甩了出去。

夏侯惇大吃一驚，在即將摔在地上的時候，單掌撐地而起，看見座下戰馬的蹄子深深地陷在一個坑裡，那陷馬坑不大，卻足以將馬蹄深深卡住。

除了夏侯惇以外，他身後的騎兵也大多數都從馬背上被掀翻下來，重重地摔在地上，一時間人仰馬翻，弄得後面的騎兵急忙勒住馬匹。

就在這時，突然傳來一聲號角聲，四面八方喊殺聲大起，無數箭矢密集的朝著山道中的魏軍前部射了過去，馬超從營寨中逃跑的士兵那裡出現，騎著白馬，提著地火玄盧槍，神清氣爽的朝著夏侯惇奔馳而去。

夏侯惇看到這樣一幕，便知道中計了，當即大聲喊道：「快撤！快撤！」

可是，就在夏侯惇大喊撤退的時候，在長長的一眼望不到頭的山路上，魏軍的背後突然出現了騷動，一名華夏軍的校尉帶兵截住了歸路，在山道的兩側，華夏軍士兵陸續出現，迤邐的山路中彷彿到處都是華夏軍的士兵，魏軍處處受挫，三萬華夏軍將兩萬的魏軍牢牢地包圍起來。

「奶奶個熊！」夏侯惇見馬超朝自己逼來，當即從身邊完好無損的騎兵那裡奪下馬匹，翻身上馬，朝馬超奔了過去。

馬超見夏侯惇來了，冷笑一聲，地火玄盧槍當先舉了起來，朝夏侯惇刺去。夏侯惇也不甘示弱，刀鋒一轉，擋下馬超的一槍，向馬超的頭顱劈去，兩人一開戰便迅速進入白熱化的狀態。

馬超槍術精湛，夏侯惇刀法凌厲，兩人在馬背上互相鬥了六個回合。之後，夏侯惇見魏軍已經亂作一團，便撇下馬超要逃，可是馬超不給夏侯惇任何機會，將夏侯惇死死給封住。

「夏侯淵、曹仁、曹洪、曹真、曹休、陳群、楊修、程昱、劉曄、滿寵都已經死了，當日長安城中為亂者，還有你的份，今日我要讓你血債血償！」馬超紅著眼，怒視著夏侯惇道。

「哼！那要看你的本事了！別人怕你，我可不怕你！」

夏侯惇驍勇異常，號稱曹軍第一大將，今次見自己衝突不出，索性破罐子破摔，拼盡全力要殺死馬超，為死去的親友報仇。

馬超為了報仇，忍耐了許多年，有道是仇人見面分外眼紅，也使出了自己全部的看家本領。

這邊兩人在激烈的交戰，那邊魏軍和華夏軍的將士也混戰在一起。一時間，長達五里的山路上血流成河，喊聲震天，慘叫連連，屍體更是橫七豎八的躺在那裡。

馬超抖擻了下精神，和夏侯惇擦肩而過後，便立刻調轉馬頭，同時飛身而起，地火玄盧槍立刻刺出，但見那暗紅色的長槍在晚霞的映照下顯得是那麼的奪目，身子尚在空中，長槍卻不停地舞動，大聲叫道：

「**暴雨流星！**」

夏侯惇吃了一驚，見馬超居然從空中襲來，槍勢凌厲，槍尖每每落下時，便如一顆墜落的流星一般，帶著一條暗紅的尾巴。

他抬起大刀去遮擋，長槍狠狠地砸在他的大刀柄端，巨大的力氣將他雙手的虎口都給震出血來，臉上露出了吃力的表情，他第一次遇到像馬超這樣難以對付的人。

馬超的第一槍剛剛被擋住，第二槍順勢落下，夏侯惇無奈之下，只好繼續招架，哪知道這一槍落下時，猶如千斤巨石一般，連同他座下的戰馬一起被壓倒在地上，戰馬四蹄承受不住那股力道，當場被壓斷了，夏侯惇連人帶馬直接坐在地上。

馬超從空中落地，腳尖剛一著地，身子便來了一個迴旋踢，一腳將夏侯惇踹了出去，同時他自己的長槍也刺了出去，不等夏侯惇墜地，長槍便已經逼到夏侯惇的喉嚨處。

夏侯惇睜大了眼睛，心知無力抵擋，眼睜睜地看著地火玄盧槍刺進自己的喉嚨，連叫都沒有叫一聲，便倒在了血泊當中，身子不斷抽搐著，眼裡對馬超充滿了恐懼，心中想道：「馬超堪比當年呂布，只可惜大業未竟，陛下，元讓先走一步了……」

馬超用十一個回合殺死了夏侯惇，心中暢快萬分，當即拔出腰刀，斬下夏侯

惇的人頭，高高的舉了起來，大聲喊道：「我已經斬殺了夏侯惇，不想死的儘快投降！」

魏軍將士聽到夏侯惇被馬超殺了，登時心驚膽戰，退也退不走，衝也衝不出去，許多人看到魏軍大勢已去，為求自保，紛紛表示願意投降。只有一部分人不願意投降，被華夏軍全部射殺。

馬超提著夏侯惇的人頭乘勢而進，帶著所有的騎兵向葭萌關而去，留下步兵看守俘虜。

暮色四合，夜色逐漸濃烈，馬超帶領五千騎兵來到葭萌關時，但見關城上靜悄悄的，正在猶豫間，忽然間關城上燈火通明，一員大將登上了葭萌關的城樓，看見馬超後，便哈哈笑道：「孟起別來無恙？」

馬超見後，臉上大喜，因為此人正是右驃騎將軍徐晃。

徐晃的身邊還站著一個人，是神機軍師龐統，而在龐統的身邊，則是黃權。

他策馬來到關城下面，問道：「真沒想到，徐將軍如此神速。」

徐晃道：「孟起，真是不好意思，奪了你的功勞。」

馬超笑道：「無妨，反正我的大仇已經報得差不多了……」

說著，馬超便舉起夏侯惇的人頭，繼續說道：「我已經斬殺了夏侯惇，現在就剩下曹操老賊了，請問徐將軍，曹操老賊何在？」

徐晃道：「曹操已經駕崩了，皇上正在趕來的途中，請馬將軍入關休息。」

第五章

草船借箭

「因為在稻草人身上還有兩層鐵甲，中間夾著木板，箭矢一來，便會釘在上面，到時候只需取下來便可。」諸葛亮答道。

「哈哈，軍師果然聰明。」甘寧笑道：「好一個草船借箭，軍師只怕以後要流芳百世了。」

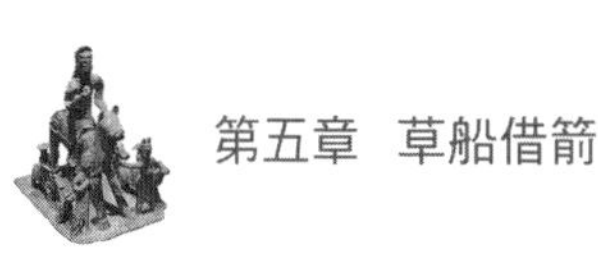

深夜，葭萌關內燈火通明。

高飛率領大軍進駐葭萌關，趙雲、馬超、徐晃、龐統、黃權等人顯得是那樣的開心。

「孟起殺了夏侯惇，立了一件大功，現在西蜀已經敲響了喪鐘，無論如何也無法抵擋住我軍的攻勢。黃將軍，你是蜀漢舊臣，成都一帶的形勢你最清楚，不知道從葭萌關到成都，最快需要多少天？」高飛問道。

黃權，字公衡，巴郡閬中人，乃是川中少有的名臣，即使在正史中，也是一個不可多得的將才，曾經跟隨劉備伐吳，陸遜火燒連營後，率領蜀漢水軍投靠魏國，在魏國受到曹丕的器重，最後老死在魏國。

高飛自然知道黃權這個人，加上這次葭萌關之戰直接不戰而降，而且又因為他是蜀地之人，所以甚為器重。

黃權答道：「最快也需要二十多天，蜀道難行，現在又正值冬雪消融，路上泥濘不堪，有些地方或許還會出現山體滑坡，會給行軍帶來極大的不便。」

高飛點點頭道：「嗯，那麼以你看，如果要派人沿途去收服郡縣，直達成都，大約需要多少兵馬？」

黃權道：「蜀漢舊臣痛恨魏軍者不少，我既然已經歸順於華夏國，自當為華夏國效力。只要皇上讓我帶兵，我願意憑藉三寸不爛之舌說服沿途郡縣、關隘的所有守將。至於帶多少兵馬嘛……臣以為五百足矣。」

高飛聽後，驚詫地道：「五百？是不是太少了點，成都可還有魏軍五萬呢，況且荀彧也很難對付……」

「皇上，魏軍雖有五萬，可是蜀中之民足有兩百萬，荀彧是個智者，自然知道該怎麼做，何況臣沿途收降各個郡縣、關隘，都可以帶走一部分兵馬，比及抵達成都，少說也有一萬人，如果荀彧不降，成都城中自會暴亂，裡應外合，逼迫荀彧投降。而且曹公已死，魏軍無甚將才，只有坐以待斃的份。」黃權畢恭畢敬地道。

高飛道：「嗯，既然如此，那朕就派你為安撫使，歸神機軍師龐士元管轄，率眾五百，帶領楊懷、吳懿、吳班、孟達四將去收服成都。以朕估算，成都周圍的兵馬已經沒有多少了，因為朕早已經命令南路軍從荊州出發，此刻應該已經占領了巴郡。司馬懿、張繡率領五萬大軍偷渡陰平，你們三路齊攻，必然能夠穩定蜀中局勢。」

黃權道：「臣遵旨。」

高飛又看了看馬超、趙雲、徐晃一眼，說道：「三位將軍都辛苦了，葭萌關

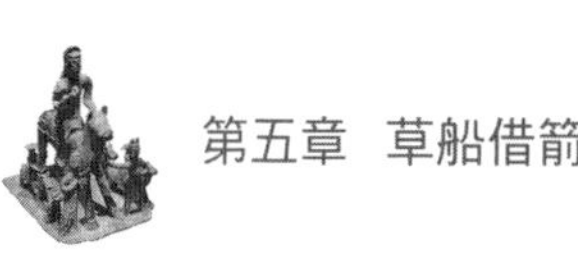

只留下少許兵馬駐守即可，孟起仍然率領本部兵馬回涼州，公明率領本部回漢中，子龍留鎮長安，朕回京城，蜀地已經沒有什麼懸念了。等朕回到京城之後，對於秦州、涼州和益州的戰事會做出封賞，請各位將軍耐心等待。」

趙雲、馬超、徐晃道：「臣等遵旨！」

隨後，高飛將眾人打發走，單獨將龐統留了下來，對龐統道：「士元，我寫了一道密詔，現在交給你，等攻下了成都，三路大軍完全在成都會師以後，請將此密詔交給虎衛大將軍甘寧。」

說著，高飛便掏出一封密詔，交給了龐統。

「臣遵旨。」龐統接過密詔，立即放在懷裡。

第二天，龐統率領黃權、楊懷、吳懿、吳班、孟達等五百人離開葭萌關。

馬超將俘虜盡數交給徐晃，由徐晃帶回漢中，他自己則率領大軍逆流而上，沿著西漢水原路返回。趙雲則跟著高飛以及飛羽軍的將士，和徐晃一起離開了葭萌關，整個葭萌關只留下三千兵馬駐守。

與此同時的陰平古道上，張繡率軍在前開道，司馬懿率領大軍緊隨其後，五萬大軍經過三天的艱難前行，才抵達摩天嶺。

要上摩天嶺，先過通天峽。此峽兩旁崖高百丈，而底寬不過十米。當你進入峽谷，白日仰望可見藍天一線，夜間只能看到幾顆星星，身臨其境，大有「峰與天相接，人從地窟行」之感。

登摩天嶺需走十八盤，實際上從山腳下上轉二十八道彎才能到達山頂。十八盤為古代的主要馱道，全為紅石砌成。現在紅石板已磨得光滑如鏡，可以想像出當年馱運不絕於途的情景。

大軍過了通天峽，便開始進入十八盤，雖然前面有張繡開道，但是行走起來還是很難難。

司馬懿所率領的大軍中，每天都會有非戰鬥減員，不是失足跌落山崖，便是被猛獸襲擊而亡。大軍迤邐而進，長長的隊伍綿延出很遠，看上去像是一條巨蛇盤旋在山谷當中。

不知道為什麼，司馬懿開始後悔走這條路了，但是已經到了這種地步，也只能硬著頭皮走了，三天的時間，才走了幾十里，七百里的陰平古道，估計要走上好長一段時間。

司馬懿望著著山道，不禁感嘆道：「哎！蜀道真不是一般的難走，只可惜劉焉、劉璋父子不能借助當地的優勢來與天下爭鋒，若是我得到這塊寶地，只消潛

心發展十年，必然能夠奪下大片土地……」

巴郡。

諸葛亮急匆匆的從外面趕來，一進入太守府，便看到甘寧滿面慌張，急忙問道：「大將軍，發生了什麼事，那麼急著喚我前來？」

甘寧當即說道：「魏軍已經行動，兵分兩路，水陸並進，前來抵擋我軍，想阻止我軍繼續前行。」

「呼……原來是為了這個啊……」

諸葛亮長出了一口氣，笑著說道，「沒什麼好緊張的，我還正愁他們不來呢。我獻計在巴郡穩定蜀中百姓的人心，又讓蜀王劉璋寫信到成都，目的就在於引蛇出洞。與其我們征途漫漫的去成都，不如讓他們來找我們，我軍只需以逸待勞，各個擊破就可以了。只要打勝了這一仗，再發兵到成都，沿途必然會暢通無阻。」

甘寧聞言道：「原來你早就計畫好，那麼我無話可說了。皇上既然讓你當軍師，那就按照你的計策，我這就召集參謀本部進行戰前軍事會議，按照他們的行程，水軍只消五天後便可抵達，陸軍只怕會久一些，我們可以先擊敗水軍。」

諸葛亮笑道：「水戰我不是太懂，只能靠大將軍了，我只出謀劃策即可。」

「放心，水戰我在行，如果他們不來攻打，我就上去打他們，讓他們知道我華夏國水軍的厲害。我的水軍出征已經好幾個月了，到目前連一仗也沒有打過，這一次一定要給敵人一點顏色看看。」甘寧拍了拍胸脯，自信地說道。

兩個人商議完畢，甘寧便留張郃、陳到在巴郡守關，自己率領水軍諸位將領以及諸葛亮離開了巴郡。

魏軍廣陽王曹彬暫時出任水軍大都督，率領兩萬水軍順流直下，大小戰船數百艘，沿著長江一線浩浩蕩蕩的漂流而下，與陸路的宗預和海陽王曹德相比，速度要快了許多。

曹彬的兩萬水軍已經抵達了江陽城，天色已晚，暫時在江陽靠岸，他自己率領親軍上岸進入江陽城，受到了江陽縣令的熱情招待。

第二天，曹彬乘坐鬥艦，繼續沿江而下，只用了一天功夫，便抵達了符節縣，離巴郡的江州已經很近了，而且這一段水流也比較緩，沒有上游那麼湍急，便按照荀彧交代，用鐵索橫江，戰船分成兩批，南北兩岸各立下一座水軍大營，同時打出廣陽王的旗號，以迷惑敵軍，讓敵軍不知道哪個營寨裡有曹彬。

二月二十六日，甘寧率華夏水軍離開江州，逆流而上，在得到兩岸斥候的稟

報之後，便決定出兵剿滅曹彬的水軍。

與曹彬的水軍一樣，甘寧也帶了兩萬水軍，不過戰船相對來說少了一些，所有戰船都是大型的戰艦，戰艦的兩側拴有小船，同時還有輕便小舟，負責水上打探用。

甘寧的旗艦上，船艙內坐著甘寧的水軍部將，郝昭、令狐邵、鄧翔、施傑等人全部聚集在一起，諸葛亮坐在甘寧的身邊，大家都一起看著甘寧，靜候甘寧的命令。

「曹彬將水軍營寨分成了兩個，南岸、北岸各一個，打的都是廣陽王的旗號，看似聰明，其實是個蠢材。水戰不同於陸戰，最忌諱兵力分散，因為水上不是陸上，水是流動著的，士兵的前進和後退全部靠駕駛戰船，根本沒有陸上那麼靈活。曹彬大概是想我去攻擊其中一個，另外一個營寨的人來營救，兩個營寨互為犄角之勢。呵呵呵，這一點是犯了水戰的大忌，只要我們全力攻占其中一座營寨，另外一座營寨就只能眼睜睜的看著，等他們到了，估計水軍營寨也被攻破了。軍師，你有什麼意見？」

甘寧十分尊重諸葛亮，在事情沒有定奪之前，都會先諮詢一下諸葛亮的意見。

諸葛亮道：「額……水戰不是我的強項，但是我認為大將軍說得很有道理，水流即使再怎麼緩，船是在水上行駛，駕駛船的人也不可能隨心所欲，何況魏軍的戰艦都是一些舊船，不及我軍戰艦發達，即使逆流而上，也可以來去自如。大將軍，你拿主意就是了。」

「呵呵，好，既然如此，這一戰，就由我拿主意了，如果勝利了，功勞大家平分，如果失敗了，所有罪責我甘興霸一力承擔，參謀會議也不用開了，所有水軍全部強攻南岸營寨。」甘寧高聲說道。

符節縣的長江岸邊，水軍營寨已經全部立了起來，在符節縣縣令的幫助下，曹彬完成了兩座水軍大營的構建。

水軍大營一半在水中，一半在岸上，四周立下柵欄環繞一圈，軍營的大門前後各一座，前方是通往江心的營寨，數十條小舟在寨門口守衛，幾艘鬥艦在寨門裡往來游走，組成了一道極為嚴密的防禦網，其餘大小戰船全部在岸邊停靠。

曹彬在岸上的大營裡，鐵鎖橫江，又在淺灘處釘上了木樁，算是防守得萬無一失了。

「劉大人，本王這一路上，要多謝劉大人的協助，等擊退了華夏軍，本王必

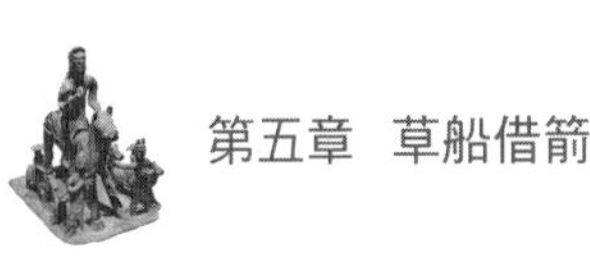

然會在陛下面前多多為劉大人美言幾句。今日我軍好不容易才建造完水軍大營，想來必是萬無一失。來來來，本王敬劉大人一杯。」

曹彬端起了美酒，朝面前坐著的那個中年男人說道。

那中年男人眉清目秀，下頷帶著青鬚，看上去極為儒雅，姓劉名巴，字子初。他本是荊州零陵人，少小便在郡中被人所知，當時荊州牧劉表屢次徵召劉巴，劉巴皆以種種原因推辭。

他看到劉表華而不實，無甚大理想，雖然占據荊州，卻只是個自守之徒，長久下去，荊州必然會被其他人吞沒，為此，他遠走益州，舉家遷徙到蜀中，得到了劉璋的禮遇。

劉璋也曾經讓他做自己的主簿，劉巴不願意，只求了一個符節縣的縣令來做，在蜀中七年，劉璋多次封官給他，讓他去成都做大官，他都不願意。

這次正是他一早探明了曹彬率領水軍前來，所以才提前建立了一座水軍大營，不然的話，以曹彬初到符節縣，又怎麼能夠那麼快就建立兩座大營呢。

不過，讓他沒有想到的是，曹彬居然兵分兩路，在南岸立營的基礎上，又派人到北岸立下營寨。劉巴久在符節縣為官，早晚也曉習水戰，知道水上分兵乃是兵家大忌。於是他便力勸曹彬，可曹彬死活不聽，無奈，劉巴也不再勸了。

曹彬這個人頗有其兄曹操的一點文學風範，是個喜歡舞文弄墨的主，才學方面過人，可是行軍打仗卻不是行家。荀彧也知道這一點，所以只派遣曹彬帶領水軍做防禦措施，不讓他對華夏軍發動進攻。

「多謝王爺的厚愛，只是在下無心當大官，這一個小小的符節縣就夠在下管理的了，哪裡還有什麼閒心去管理其餘的地方。」劉巴道。

曹彬聽說過劉巴的名聲，知道劉巴不貪圖富貴，自命清高，而且才學也過人，當即便想和劉巴談談詩書禮易，可是嘴巴還沒有張開，便見一名親兵從外面走了進來，大聲地叫道：「王爺，不好了，北岸大營起火，華夏軍如同天降，正在猛攻北岸大營。」

「你說什麼？我用鐵鎖橫江，又在江底打有木樁，華夏軍怎麼可能會通過？」

曹彬一聽之下，立刻著急了，因為北岸的水軍大營只不過是個雛形，還未真正的完工，算是最為薄弱的地方。

「華夏軍用火燒斷了鐵索，北岸的木樁還沒有打下去。王爺，現在該怎麼辦？」

「笨蛋，當然是出兵了，快點傳令下去，所有船隻立刻離岸，迅速支援北岸的水軍大營！」曹彬慌張地叫道。

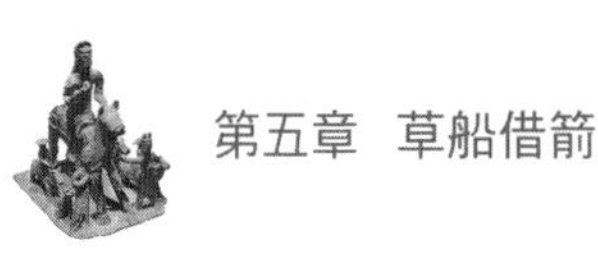

劉巴聽後，急忙阻止道：「王爺且慢，這個時候出兵，正中了敵人的奸計。水戰非比陸戰，戰船的行駛完全受到水流的影響，不可能來去自如，估計我軍這邊還沒有抵達北岸，北岸的戰鬥就已經結束了，又或者是敵軍故意引蛇出洞，只要我軍一出營寨，敵軍就會在中途伏擊。現在天黑難辨，萬一是敵人奸計，則必然會全軍覆沒。我以為，當緊閉水軍大營，南岸的大營遠比北岸的堅固，就算是隔江相望，敵軍若不是大舉進犯，也不一定能夠攻克此寨。何況士兵大多都在岸上，這時登船，只怕會亂了方寸。」

曹彬聽後，覺得劉巴說得有道理，當即悔恨地道：「本王只怪當初沒有聽劉大人的話，執意在北岸立下營寨，以至於被華夏軍洞悉了薄弱之處，本王真是無顏面對那一萬將士啊。」

「王爺放心，緊守此處要緊，先守住了這裡，再見機行事，以求日後有擊退華夏軍的可能。」劉巴建議道。

「也只有如此了。」曹彬對親兵說道，「速去傳令，緊守營寨，沒我的命令，任何人都不得出營。違令者，斬！」

「諾！」

江北大營裡。

這些投降魏國的蜀軍一遭受到華夏軍的猛烈攻擊，就亂作一團，誰會想到華夏軍會夜襲營寨呢。他們又見南岸沒有一點動靜，見死不救，登時便土崩瓦解，紛紛宣布投降。

以華夏軍現在的姿態，想攻打蜀地，已經沒有人可以阻擋了，即使阻擋，也是做無謂的犧牲，更何況這些本來就是蜀漢的舊軍，因為魏軍沒有水軍，只好用蜀軍作為代替，蜀漢舊軍和華夏國無仇，又聽聞華夏國善待巴郡的百姓，對蜀地百姓很好，一比較下來，自然願意投降華夏國了。

從華夏軍發動襲擊到撲滅北岸的大火，整整只用了一個時辰。一個時辰後，甘寧率領眾將上岸，正式將降軍納入自己的部隊中，又通過降軍的口知道南岸大營的布置，立即做出相應的部署，準備次日一早便率領所有的水軍齊攻南岸大營，一戰搞定。

第二天早上，甘寧起得很早，可是剛一掀開簾子，整個人便吃驚不已，因為今天是大霧天氣，能見度很低，這使得他昨夜安排的攻擊計畫完全破產了。

這時，諸葛亮來到甘寧的面前，看到甘寧一臉愁眉，便道：「大將軍莫不是為了這大霧而煩惱？」

「正是！照此大霧，我軍如何強攻敵軍營寨？不等我軍靠近，敵軍必然會用箭亂射，對我軍不利。我聽聞魏軍有一種箭叫做透甲錐，威力驚人，若他們用這種箭來對付我們，只怕會損失慘重。正所謂兵貴神速，看來只能延期了。」甘寧唉聲嘆氣的道。

「大將軍不必煩惱，我早已讓人做好一切，大將軍只管隨我登船即可，我們去找魏軍把透甲錐借過來用一用。」諸葛亮笑著說道。

「借箭？軍師莫不是糊塗了？魏軍怎麼肯把箭借給我們？」甘寧糊塗地道。

「凡是總是有個例外嘛，大將軍跟我登船，一看便知。」

甘寧見諸葛亮賣關子，搞得神神秘秘的，當即說道：「好，我就看你搞什麼名堂。」

兩個人一起來到了岸邊，但見有四十條輕舟停靠在岸邊，輕舟的周身都用稻草和木板相間假人布置著，穿著華夏軍的衣服，看上去像是真人一般。

甘寧指著這船問道：「軍師，你這是幹什麼？」

「借箭啊，大將軍，請跟我一起上船，我們去對岸找魏軍借箭去！」

帶著一絲狐疑，甘寧登上了船隻，和諸葛亮坐在船艙裡，諸葛亮熱情地招待甘寧，可是甘寧無心飲酒，只問如何借箭。

諸葛亮笑道：「一會兒大將軍便知道了，還請大將軍安排大軍隨後，待我軍回來之後，便可啟程攻擊南岸的大營。」

「好。」甘寧隨即讓人去給郝昭、令狐邵、鄧翔傳令，讓他們各就各位，準備隨時出征。

「開船！」

隨著諸葛亮的一聲令下，四十條輕舟全部離開了岸邊，朝著長江南岸駛去。

駕船的人，都是蜀漢的舊軍，他們對這一帶的水紋非常的瞭解，同時也知道大營的位置，加上華夏軍又有指南針可以辨別方位，每條駕船的人都知道方向，排成一排，朝著對岸駛去，雖有大霧，卻並不受到影響。

江心起了大霧，曹彬一起來之後，害怕華夏軍乘著大霧天氣進攻，便布置許多弓箭手在岸邊，而且用的都是透甲錐。

辰時一刻，忽然江面上傳來隆隆的戰鼓聲，曹彬便立刻讓人朝江中放箭，雖然看不清方向，但是只要朝著戰鼓聲音傳來的方向射去便不會錯。

一時間，鋪天蓋地的透甲錐紛紛朝江中射去，但是江中的戰鼓聲卻一直擂個不停，無論怎麼射，都一直聽到鼓聲隆隆。

江心中，四十條輕舟分成兩排，每二十條一排，一字排開，透甲錐射過來時，只聽見射到稻草人身上的聲音。

甘寧坐在船艙中，看到外面的甲板上落滿了箭矢，好奇問道：「軍師，透甲錐如此厲害，按理說應該能夠射穿稻草人，為什麼他們只釘在上面？」

「因為在稻草人身上有兩層鐵甲，中間夾著木板，箭矢一來，便會釘在上面，到時候只需取下來便可。」諸葛亮答道。

「哈哈，軍師果然聰明，此等借箭法，倒是很高明。」甘寧笑道：「好一個**草船借箭，軍師只怕以後要流芳百世了。**」

箭矢仍在不停地射著，四十條輕舟的一側已經落滿了箭矢，隨即諸葛亮下令將船身橫擺過去，換另外一側接箭。

大概半個時辰後，船身兩側都已經落滿了箭矢，諸葛亮、甘寧等人滿載而歸，便將戰鼓聲停止了下來。

南岸的曹彬聽到戰鼓聲退去，這才鬆了一口氣，但是大霧一直不散，十萬支透甲錐全部射完了，無奈之下，只好再去搬運其餘的普通箭矢，仍然讓弓箭手駐守江岸，以防止華夏軍襲擊。

甘寧、諸葛亮等人回到江北大營後，便讓士兵將箭矢全部取下來，一個時辰後，累計得到九萬多支透甲錐，全部運載到戰艦上。

甘寧登上戰艦的甲板，當即對諸葛亮說道：「一會兒戰鬥必然會很惡劣，軍師還是留在北岸的好，以免傷到了軍師。」

「大將軍，眾多將士都親冒矢石，我也是華夏國的一份子，為什麼不讓我出戰？大將軍不必為我擔心，我自會照顧好自己，何況有沙摩柯在，一切無憂。」諸葛亮道。

說話間，沙摩柯便走了過來，抱拳道：「大將軍，有我保護軍師，你大可放心。」

甘寧道：「那好吧，就一起出征吧。」

一個時辰後，大霧漸漸消散，只有江上還是煙波浩渺，諸葛亮、沙摩柯跟甘寧在一條船上，郝昭、令狐邵、鄧翔、施傑各指揮一支船隊，兩萬的華夏水軍以及八千多蜀漢降軍浩浩蕩蕩的朝著南岸而去。

這一次，華夏軍緊鑼密鼓，所有人都默不出聲的朝著南岸而去。

由於是大霧天氣，南岸上的魏軍始終無法看到江心中的華夏軍，北風呼嘯，

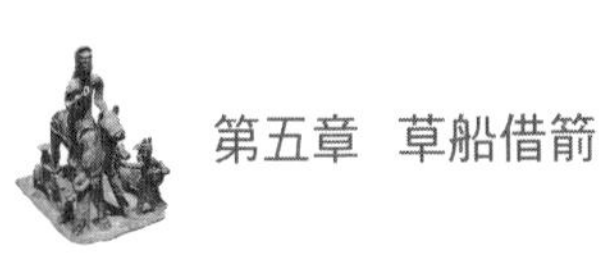

寒冷刺骨，江水驚濤拍岸，撞擊在岩石上掀起層層的波浪。

忽然間，薄霧中密密麻麻的箭矢朝著南岸上射了過來，用的正是他們剛剛射出去的透甲錐，一簇箭矢放完，第二簇箭矢緊接著便又射了過來。

魏軍將士紛紛逃竄，找地方躲閃，但是即使有防備，以透甲錐的威力，也能射穿他們的鎧甲，一時間岸上傷亡慘重，有些透甲錐射進了帳篷裡，將一些在營帳裡休息的人也都射死了。

華夏軍連續五波的透甲錐攻擊，南岸的守將死傷過半。

緊接著，華夏軍的戰艦紛紛從薄霧中駛出，將炸藥包捆綁在巨弩上，然後用巨弩車向前射出，一時間，魏軍那些木質的戰艦紛紛被炸得不成樣子。

轟隆隆的聲音一經響起，士兵紛紛逃命，有的直接跳進冰冷的江水中，還沒有游走，便被華夏軍用連弩射穿了咽喉。

華夏軍巨大的戰艦一經駛出，讓魏軍的水軍將士都感到一陣驚詫，他們從未見過如此巨大的戰艦，一艘戰艦比他們三艘鬥艦還大。

甘寧指揮水軍左右包抄，華夏軍順風，船速快，船桅上還升起了船帆，加上船艙底部的人工帶動和風速的影響，立刻便將水軍衝撞的不成樣子。

曹彬在岸上看到自己帶領的水軍在華夏軍的面前竟然如此不堪一擊，連還手的餘地都沒有，率領剩餘的四千多人趕忙向南撤退，想離岸邊稍遠一些，等華夏軍登岸之時，便可以發動進攻。

這個想法本來是好的，可是華夏軍的巨大戰艦根本不靠岸，而是放下小船，戰艦上的士兵駕著小船，舞動著刀牌，耀武揚威的朝岸上去，同時還不停地朝岸上放箭。

曹彬也不示弱，立刻組織人朝岸邊放箭，但是普通箭矢對華夏軍絲毫沒有作用，失去了透甲錐這一巨大的利器，魏軍的攻擊就像是螞蟻咬人。

甘寧身先士卒，一手持著盾牌，一手握著大環刀，一經靠岸，第一個便從輕舟上跳了下去，也不在岸邊結陣，仗著勇氣，便朝對面的魏軍衝了過去。

身後的士兵紛紛跟著甘寧衝了上去，五千人的海軍陸戰隊一經上岸立刻便顯出與眾不同的一面，跑的真叫一個飛快。

與此同時，郝昭、鄧翔兩人駕駛的戰艦在距離岸邊還有很長一段路時，便拋下了錨，然後放出小船，在小船上架上木板，一直延伸到岸邊，儼然成為一條道路。

這個時候，戰艦中的騎兵開始湧了出來，踏著那條鋪設好的道路上了岸，直接朝著魏軍衝去。

「王爺，華夏軍勢大，不可抵擋，當暫避其鋒芒。」劉巴見狀，急忙對曹彬說道。

曹彬道：「我身受皇恩，豈能不戰自退？給我殺！」

劉巴見曹彬死戰不退，又見華夏軍來勢凶猛，這場戰局已定，他重重地嘆了一聲氣，仰天長嘆道：**「任何人已經都無法阻止華夏軍入蜀的腳步了……」**

太陽穿透了烏雲，使得霧氣紛紛散去，長江岸邊，戰火紛飛，血流成河。

不到一個時辰，戰事就結束了，曹彬死在亂軍當中，岸上的魏軍兩千人被殺，其餘人全部投降。

戰事結束後，華夏軍開始清掃戰場，諸葛亮、沙摩柯也登岸了，看到劉巴被人綁著，諸葛亮便親自去鬆綁，一番勸慰，劉巴便投降了華夏軍。

此戰結束後，諸葛亮對甘寧道：「大將軍，以我華夏水軍的威力，只要沿著長江逆流而上，或許比陸路要早抵達成都，現在正值冬雪消融之際，陸路難走，如果我們現在乘勢殺到成都，兵臨城下之時，必然是平定西蜀之日。」

甘寧想了想，覺得諸葛亮說得也對，而且他也不願意將戰事拖的太久，當即便決定帶著水軍繼續溯江而上，並且給張郃、陳到發信，讓他們緊守巴郡。

於是，華夏水軍的一千人等帶著投降的蜀漢舊軍一起溯江而上，朝著成都進發。

蜀道難，難於上青天，諸葛亮跟著甘寧，沿途讓劉巴去說服蜀地郡縣，所到之處無不聞風而降。

華夏軍的龐統、司馬懿等兩路軍也在加緊趕路，不過龐統一路遇到了一點小麻煩，山體滑坡，土石流衝毀了道路，阻隔了他前進的道路，正在抓緊搶修。

司馬懿的一路軍倒是較為順利，翻越過摩天嶺的險地之後，其餘的地方都不足為慮，加上強行軍，在半個月後便完全渡過了陰平古道。

大軍兵臨城下之時，江油城的守將不戰而降。

司馬懿急於攻打成都，在陰平古道中困頓了二十天，寸功未立，便和張繡一道，帶著先鋒軍五千當先開道，沿途所過之處，郡縣都望風而降。

數日後，司馬懿抵達了成都大平原，開始長驅直入，一路上都沒有什麼障礙。

「哈哈哈，看來蜀中是無人了，走了百里，竟然沒有兵將前來阻擋，實在是太讓我意外了。等拿下了成都，我等便是大功一件啊。」司馬懿心花怒放的對張繡說道。

張繡也是一臉的喜悅，如果這次真的能夠攻下成都，那他就能在華夏國立足了。

當下，兩個人一面派出斥候，一面快速行軍，所過之處，都沒有發現任何魏軍的影子。

第二天傍晚，司馬懿、張繡便進入了成都地界，剛走了不到五里路，便見斥候回來報告，說成都城上遍插華夏軍的大旗，已經是華夏國的屬地了。

「這怎麼可能？」司馬懿聽後，登時心中一陣驚訝。

「打的是誰的旗號？」張繡問道。

「不清楚，只是豎立了我軍的大旗，僅此而已。」

司馬懿心裡有一絲不祥的預感，當即道：「難道是他？」

「誰？」張繡急忙問道。

「諸葛孔明。」司馬懿不爽地道。

「諸葛孔明是誰？」

「沒想到他居然比我還先抵達成都……」

正說話間，後軍突然傳來陣陣的馬蹄聲，龐統、黃權、楊懷、吳懿、吳班、孟達等人帶著五百精騎奔馳而來。

兩軍相見，登時便是一陣面面相覷，但是兩軍所打的旗號是一樣的，也沒有發生什麼衝突。

龐統等人來到司馬懿和張繡的面前，打量了一下司馬懿，當即問道：「你是司馬仲達？」

「正是，你是何人？」

司馬懿從未見過龐統，但是見他打的是華夏軍的旗幟，好奇問道。

「在下龐士元。」

「鳳雛？」司馬懿驚疑地道，暗暗想道：**「又來了一個爭功的！」**

「你認識我？」

「聽說過，既然來了，那我們的目的肯定是一樣的。不過，我們都來晚了，諸葛孔明已經先行占領了成都。」

龐統聽到諸葛亮的名字，便皺起了眉頭，冷笑一聲，說道：「孔明？沒想到轉了一大圈子，又見到他了。」

司馬懿和龐統的兩支軍隊當即合兵一處，紛紛向成都而去，等到抵達了成都城下，便讓人去叫門。

哪知道，成都的城牆上忽然魏兵盡顯，箭矢如雨，荀彧穿著一身戎裝，手持

長劍，哈哈大笑道：「我等待你們多時了。」

話音一落，城外的兩側紛紛殺出許多伏兵，瞬間便將司馬懿、龐統等人全部包圍在一起，城門裡也湧出了大量的魏軍士兵。

司馬懿、龐統、張繡、黃權、楊懷、吳懿、吳班、孟達等人都是一陣驚訝，沒想到會中這樣淺顯的計策，眾人齊聲高呼道：「殺出去！」

魏軍的突然出現，讓司馬懿、龐統等人都是大吃一驚，由於眾人都貪圖先到成都的功勞，加上荀彧也看穿了這一點，施行堅壁清野的戰術，並且早就做下了安排，這才將司馬懿、龐統、張繡等人全部包圍了起來。

華夏軍折損了數百人後，終於殺出重圍，魏軍看到華夏軍逃走，也不便於追逐，直接收兵回城，並且緊閉四門。

司馬懿、龐統等人狼狽的逃走，在成都城外一處空曠的地方駐紮下來，當下兩軍合為一處，共商大計。

臨時的營帳中，司馬懿、龐統、張繡、黃權、楊懷、吳懿、吳班、孟達以及張繡的部將張既、蔣石、麴演、和鸞等人全部在大帳裡。

「我們因貪功冒進，以至於中了荀彧的奸計，成都城非常的堅固，只怕難以攻打，只能在此靜待大軍了。」司馬懿首先說道。

「不如由我入城勸說荀彧，只要荀彧知道了曹操駕崩的消息，也許會獻城投降。」龐統道。

「不行，萬一荀彧不降，那豈不是害了你？」司馬懿道。

「那你說怎麼辦？」龐統這次帶的兵實在是太少了，但是又急於攻下成都，心急道。

司馬懿道：「我的軍中有另外一個人，此人最為合適。」

「誰？」龐統急忙問道。

「徐元直！」

司馬懿將徐庶一路上都帶在身邊，讓人看押著他，沒有殺他，為的就是留著以後有用，此時他急中生智，當即想到用徐庶來頂替龐統，讓徐庶去勸說荀彧。

「他？不行，徐庶對曹操忠心耿耿，你要是放他去，肯定就不會回來了。還會幫助荀彧守城，這等於增強了守軍的力量。」張繡反駁道。

「呵呵，這個時候，恐怕也只有他才能發揮出作用。」

司馬懿笑吟吟地將自己心中的計策說了出來，眾人聽後，都覺得此計甚妙，是消耗守軍力量的一個妙計，但是，**關鍵是不知道荀彧會不會上鉤。**

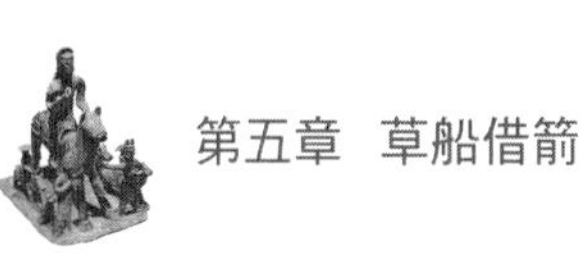

反正現在大家都束手無策，姑且就用司馬懿的計策，死馬當活馬醫。

「我受封為征南大將軍，既然我們兩路軍決定要會合在一起了，那就應該選出一個主將來，所以，這個主將由我來做，你們可有異議？」司馬懿開門見山地道。

「不行，皇上封我為神機軍師，一人之下萬人之上，冠於諸將之上，理應由我來當主將。」龐統當下反駁道。

「我是皇上下聖旨封的，貨真價實，你是皇上口諭封的，無憑無據，我不能聽你的，你們必須聽我的，由我來做主將。」司馬懿當然不願意龐統當主將，絲毫不讓地道。

「我們都是皇上封的，你憑什麼說我不如你？主將由我來當！」龐統也當仁不讓地回道。

黃權見司馬懿和龐統爭搶起來，忙緩頰道：「兩位大人，我看不如這樣吧，咱們取個折中的辦法，誰的計策好，咱們就聽誰的，如何？」

「同意。」張繡也不願意看到司馬懿和龐統起爭執，反正不管誰當主將，對他而言，都無甚大礙，當即說道。

「不行，誰兵多聽誰的！」

司馬懿始終不願相讓，他心裡很清楚，只有現在定位清楚了，才好發號施令，而且攻取成都之後，功勞大多都會落在主將身上，是一個名揚天下的好機會。

龐統聽司馬懿這麼一說，登時覺得很吃虧，因為他帶來的兵馬少，司馬懿可是有數萬大軍呢。

司馬懿急忙朝張繡使了個眼色，張繡會意，當即道：「我看就這樣吧，司馬仲達為主將，龐士元為副將，其實我們都是一家人，爭什麼主將位置啊，我相信皇上會論功行賞的。」

黃權幫腔道：「嗯，張將軍說得極為有理。」

龐統沒底牌，黃權、楊懷等人與他沒什麼瓜葛，不像司馬懿，司馬懿如果當了主將，張繡的好處不少，無奈之下，龐統不便爭搶，只好同意了。

司馬懿年輕氣盛，高興地道：「承蒙各位的抬愛，那我就暫時委屈一下自己了……」

「無恥！」龐統見司馬懿得了便宜還賣乖，在心裡暗罵一聲，眼裡也露出了幾許鄙夷。

司馬懿看到龐統的表情，心中亦在暗罵道：「你個醜八怪，跟我爭?!你爭得

過我嗎？」

得知高飛返回京城的司馬懿，第一次覺得自己肩膀上的擔子輕了，之前的荊南戰事，高飛坐鎮襄陽督促著他，讓他不敢亂來。這一次不一樣了，高飛返京，他覺得自己輕鬆許多，只要自己握著這支大軍，打下成都之後，他怎麼著也得封侯了吧。

山高皇帝遠，高飛根本管不到這裡來，他就成為攻蜀大軍的實際領導人，當年的那種狂妄之氣也頓時滋生起來。

散會之後，司馬懿讓人將徐庶從後軍押來，並且通知後面的大軍加速前進。

徐庶從上邽開始，就被司馬懿給軟禁起來，一路上跟著司馬懿走過陰平古道，雖然成為階下囚，但是他卻沒有想過去死，總是想著若是有機會，能夠再為魏國做些什麼，而這個機會來了。

一進入大帳，司馬懿便親自給徐庶鬆綁，笑道：「元直兄，讓你一路上受委屈了。現在我軍已經抵達成都城下，你的舊主曹操也已經駕崩半個月了，現在魏國丞相荀彧仍霸占著成都城，冥頑不靈，準備做最後的抵抗，我讓你來，是想請你去勸降他，不知道你意下如何？」

徐庶冷笑一聲，道：「你憑什麼認為我會勸降他？荀彧對陛下是最為忠心的人，他怎麼可能聽我的話？再說，你把我放回去，難道就不怕我回過頭來對付你？」

司馬懿呵呵笑道：「怕，怎麼不怕?!不過，我最怕的是成都城將毀於一旦，到時候三萬魏軍將士連同荀彧都會葬身在成都城裡，當然，還有城內的近十萬百姓。你也知道，我上次在涼州用炸藥炸了冀城，十幾萬羌人全部喪命的事情吧？如果荀彧不投降，我就準備再來一次炸城。只是，我不願意看到那麼多人因為荀彧一個人而喪命，更不願意見到這樣的一個大才就這樣死了，真的是可惜啊。只要你勸降了荀彧，讓他出城投降，那麼這一切的事情就迎刃而解了。」

徐庶聽後，心中忽然感到一股寒意，上次冀城被夷為平地，十四萬羌人一夜之間便葬身在冀城裡，這種事，想想都覺得可怕。他知道華夏軍有一種叫炸藥的武器，非常的厲害，所以至今仍心有餘悸。

他思量了一會兒後，問道：「你還有那麼多的炸藥嗎？」

司馬懿自豪道：「元直兄，你太小看我們華夏國了。你們魏國能大量鑄造透甲錐，為什麼我們就不能大量生產炸藥？再說，炸藥這玩意，所需要耗費的原料都是我們身邊最顯而易見的，隨處都可以取到，只要調配好，威力就很驚人。我們無論走到哪裡，都可以在當地生產，所以我們華夏軍才所向披靡，戰無不勝。」

徐庶聽了，忽然靈機一動，問道：「你想讓我怎麼做？」

「很簡單，勸降荀彧，讓他出城投降就好了。」

「如果他不願意呢？」

「那你就殺了他，取而代之，然後開城投降，我擔保你在華夏國會比在魏國還吃香。」

「真的？」

「自然是真的。」

徐庶故作姿態地道：「我需要考慮一下。」

「半天時間，我只給你半天時間考慮，半天之後，你要是不答應，我就開始強攻成都，將成都夷為平地。我的炸藥可都在後軍放著呢，隨時都可以派上用場。」司馬懿自負地道。

徐庶聽到司馬懿的這句話後，目光中露出一絲希冀。

第六章

三英爭功

司馬懿和龐統爭奪主將位置的事，在軍中傳得沸沸揚揚，現在當務之急就是迅速給海陽王發信，讓海陽王撤回成都，然後將甘寧等人放過來，利用華夏國三英爭搶功勞的心理，將計就計。

離開大帳後，司馬懿讓士兵護送徐庶回營帳。

徐庶一邊走，一邊對司馬懿的親兵道：「兄弟，我覺得司馬仲達是個騙子，你覺得呢？」

「你才騙子呢，我們將軍從不騙人。」親兵道。

「不可能吧，剛才你們將軍就騙我來著，明明沒有炸藥，非說炸藥在後軍，而且還說很充足，這不是騙我是什麼？」

「我們將軍沒騙你，我們的炸藥真的在後軍，我們……」親兵突然戛然而止，不再說話了，推著徐庶，催促道：「你怎麼那麼多廢話啊，快走快走。」

徐庶見親兵表現的十分緊張，心中已經有了眉目，便笑了笑，什麼都沒說。

親兵將徐庶送回營帳後，回到司馬懿的身邊，稟告道：「將軍，我已經按照你的吩咐做了。」

司馬懿嘉許道：「很好，你去主簿那裡領賞吧，等取下了成都，我再重重賞你，你可是為我軍立下了一個大功啊。」

話音一落，司馬懿當即吩咐部下，給各個將軍去傳令，準備智取成都城。

當天夜晚，司馬懿又讓人把徐庶給帶了過來，問道：「元直兄，你考慮的如何？」

徐庶道：「你說的話，我認真的考慮了很久，覺得你說得很對，我之前一直很愚忠，現在我才明白良臣擇主而事的道理。所以，我決定去說服荀彧，讓他開城投降。」

「很好，元直兄可是為統一大業做出了一個大大的貢獻啊。事成之後，我保舉你做高官，皇上也定然會對你另眼相看的。」司馬懿高興地道：「那元直兄準備什麼時候去成都？」

「越快越好，擇日不如撞日，就今夜吧。」徐庶道。

「嗯，好吧，那我派人將你送到城下。」

司馬懿便派人將徐庶送到成都城下，徐庶叫開城門，自報家門，城中的守將立刻去通告荀彧，荀彧親自來到城樓上觀望，見站在城外的果然是徐庶，便讓放下吊橋，開了側門，將徐庶迎入成都城。

荀彧和徐庶兩下相見，一邊敘舊，一邊走進內城。

在魏國，荀彧和徐庶是曹操的左膀右臂，荀彧主政，徐庶主兵，在戲志才死了以後，徐庶頂替戲志才的位置，成了曹操帳下的謀主，和荀彧相互協調，共同維繫魏國的江山，從未有過半點逾越，兩個人做事也堪稱相得益彰，此時兩人再度相見，自然都是一陣感慨。

進入內城後，荀彧道：「華夏軍一直在散播陛下駕崩的消息，這件事可否屬實？」

徐庶當下垂淚，泣聲道：「此事千真萬確，陛下被葬在漢中，龐統投降華夏國，索大將軍、夏侯將軍都為國捐軀了。丞相大人，成都已經成為一座孤城。」

荀彧聽後，也是一陣嚎啕大哭，不停地喊著曹操的名字，和徐庶一起抱頭哭泣。

哭了好久，兩人才止住悲傷，荀彧緩緩地道：

「如今成都面臨極大的危險，華夏國的虎牙大將軍甘寧正率領水軍溯江而上，以諸葛亮為軍師，廣陽王和兩萬將士全軍覆沒，死的死，投降的投降，若非海陽王帶兵及時趕回，將甘寧堵在犍為，只怕成都早已兵臨城下了。現在成都岌岌可危，就算城中糧秣、兵器充足，但是面對強大的華夏軍，到底能夠堅持多久還是個未知數，華陰關的堅固，你我都有目共睹，可是卻被華夏國三日拿下，這種攻城掠地的速度遠遠超過了我軍。如今城中又無甚將才，我是獨力難支啊，不如我們……」

「丞相大人！」徐庶當即打斷了荀彧的話，生怕荀彧說出那幾個字，「陛下待我等不薄，如今為何不能拼最後一下？華夏軍之所以攻城掠地能夠那麼的神速，就是因為華夏軍有一種別的國家都沒有的東西，那就是炸藥。炸藥的威力很驚人，我曾經在冀城親眼見過，十四萬羌人一夜之間就全沒了，而且冀城也被夷為平地，正是因為有這等驚人的力量，華夏軍才戰無不克。不過，我有一條計策，可以使得華夏軍鎩羽而歸。」

荀彧聽後，急忙問道：「是何計策？」

「我佯裝投降華夏軍，騙取了司馬懿的信任，而且弄清了司馬懿大軍藏炸藥的地方，只要我們演一齣好戲，就可以將炸藥全部弄到我們手裡，轉而用在華夏軍的身上。」

荀彧聞言道：「此事當真可行嗎？」

「嗯，如果再晚一天，等司馬懿的大軍到了，只怕就無法實施了，現在司馬懿才五千多人，對我軍來說，是最有利的時候。」徐庶自信滿滿地說道。

荀彧道：「那好吧，我願意洗耳恭聽。」

徐庶當即將自己的計畫講了出來。

荀彧狐疑道：「這是不是太冒險了，萬一司馬懿有詐，那我軍豈不是偷雞不成蝕把米嗎？」

「不會的，司馬懿和龐統爭奪主將位置的事，在軍中傳得沸沸揚揚，現在當務之急就是迅速給海陽王發信，讓海陽王撤回成都，然後將甘寧等人放過來，利用華夏國三英爭搶功勞的心理，將計就計。」

荀彧謹慎地道：「為了不出意外，還是先把華夏軍的炸藥弄到手以後再給海陽王發信，以防如果失策，我們也好有個迴旋的餘地。」

徐庶點頭道：「好吧，這樣也不衝突。那請丞相大人安排，我這就出城去告訴司馬懿，丞相大人已經答應開城投降了。」

荀彧道：「為什麼不在白天？」

「白天我們怎麼迂迴？夜色難辨，趁著司馬懿對我沒有起疑心，我軍才能偷襲華夏軍。」徐庶解釋道。

「好吧，那就照你的意思辦。」

兩人商議好後，荀彧當即叫來四個將軍，按照徐庶的計策安排好一切。徐庶則出了成都城，又回到司馬懿的軍隊裡。

司馬懿聽到徐庶又回來的消息後，感到很意外，驚呼道：「這傢伙怎麼回來的那麼快？」

手下人將徐庶帶過來後，司馬懿笑臉相迎道：「元直兄，你來去匆匆，莫非沒有將荀彧說服？」

「恰恰相反，荀彧早有投降之意，聽我一番勸慰之後，更加堅定了信心。荀文若向來宅心仁厚，不捨得見到百姓受苦，所以一聽說將軍要用炸藥炸城，就立馬決定要投降了。只是他的部下還有一些不願意，不過也不是問題，現在荀彧已經打開北門，只等將軍率領大軍進入城裡呢，然後還要借助將軍之手來平息那些魏將。荀彧真心相投，將軍若進入了成都城，那就是大功一件啊。我先要恭喜將軍，賀喜將軍了。」徐庶說道。

司馬懿哈哈笑道：「等我進了成都，必然會在皇上面前為你多多美言。」

「來人啊。」司馬懿開心地叫道。

「將軍有何吩咐？」

「迅速傳令下去，集結一千騎兵，跟我一起去成都城下，接受對方投降！」

「諾！」

隨後，司馬懿帶著吳懿、吳班以及一千騎兵，連同徐庶，很快便抵達成都城的北門外，見北門那裡燈火旺盛，吊橋放了下來，城門大開，荀彧率眾站在那裡等候，沒有任何異狀。

荀彧帶著人向前走到司馬懿的面前，抱拳道：「魏國丞相荀文若，拜見司馬將軍。」

司馬懿滿意地點點頭，扭頭看著徐庶一陣洋洋得意，抬起手中的馬鞭，向前一揮，喝道：「綁了！」

此話一落，吳懿、吳班立即將荀彧帶來的人給殺死，然後將荀彧給綁了起來，這一幕讓荀彧和徐庶都大吃一驚。

徐庶抗議道：「將軍，荀彧是真心投降，將軍這樣做，未免太有失道義了吧？」

司馬懿衝徐庶冷笑兩聲，將馬鞭一揚，喊道：「將徐元直也一起綁了。」

士兵立刻將徐庶給拉下馬，就地捆綁起來。

徐庶大喊道：「我無罪，為什麼要綁我？」

司馬懿沒有理會徐庶，下令道：「給張繡發信號。」

士兵接到命令，當即吹響號角，早已埋伏在東門的張繡，便開始對成都城發動攻擊，先用炸藥炸開城門，然後率領騎兵直接殺進城內，楊懷、孟達等人則分別去占領其餘的兩座城門。

半個時辰後，張繡從城中殺了出來，和吳懿裡應外合，奪下了北門。司馬懿等人則直接入城，迅速地將四門給封閉起來。

與此同時，荀彧派出去的四個將軍，率領兩萬八千名將士也迂迴到華夏軍的大營裡，準備猛攻華夏軍的後軍，可是等到進入大營之後，才發現是個空營。

眾人想要撤退，卻被龐統、黃權指揮的華夏軍引爆了炸藥，整個營寨登時一片隆隆之聲。

魏軍被嚇破了膽，紛紛向外逃走，哪知道四周都是華夏軍，黑夜中難辨敵軍有多少，所有人在喪膽之際，紛紛表示願意投降。

整個戰役一個時辰不到，便俘虜了兩萬五千多的魏軍士兵，四千多人陣亡。

司馬懿仍舊在北門的城樓上等待，看了眼被俘虜的荀彧、徐庶，對徐庶道：

「**你可知道我們華夏軍除了炸藥外，還有高人一等的智慧嗎？你以為我真的相信你會去勸降荀彧嗎？**還有，我華夏國大軍早在傍晚的時候就抵達了，只是沒有讓你看見而已，而且我也早已布置好了一切，如果是白天的話，或許會出紕漏，可惜你太急於求成了，以至於選擇夜晚來偷襲我的營寨，這樣剛好降低了我的損失。」

徐庶羞愧地道：「原來這一切都是你布下的局……」

「不！應該說是我和龐士元共同布下的一個局，這是我們兩個人共同商議的結果。現在，你們總算輸得心服口服了吧？」

徐庶、荀彧兩人對視一眼，心中嘆道大勢已去，已經別無退路了。

「你殺了我吧！」徐庶視死如歸，淡淡說道。

「呵呵，如果我真的要殺你，又何必等到現在？既然成都城已經被拿下了，殺了你們也無濟於事，不如將你們帶回帝都，請求皇上發落。以皇上的為人，只要你們肯歸順，必然會重用你們，即使不願意投降，解甲歸田也是個不錯的選擇。」

司馬懿說完，便轉過身子對身邊的士兵說道：「帶他們下去，好生看管，不可怠慢。」

「諾！」

與此同時的益州犍為。

甘寧、諸葛亮所率領的大軍正在和宗預、曹德率領的大軍對峙，甘寧的水軍溯江而上，雖然一路無阻，但是江水滔滔，水流湍急，華夏軍沒有縴夫拉縴，只能依靠戰艦的人力去駕駛戰艦，顯得有些美中不足，以至於在上游水流特別急的地方，華夏軍的水軍舉步維艱，足足耗費了差不多十幾天的功夫才抵達犍為。

一到犍為，在登岸的時候，便被早已埋伏在那裡的曹德襲擊，損失了近千餘人的兵力，若非華夏軍的箭陣厲害，只怕會損失更多的人。

夜色撩人，微風拂面，三月的春風吹著華夏軍的大旗呼呼作響，營寨內的士兵往來行走，守衛甚是森嚴。

月黑風高，華夏軍的營寨外面，曹德率領魏軍精銳一萬人正在密切的注視著華夏軍的大營，伺機而動。

「王爺，我軍在這裡堵住華夏軍也差不多有三天了，你看軍中大營，外緊內鬆，明顯是疲憊所致。如果今夜發動夜襲，必然會取得很不錯的效果，雖然不至於將華夏軍徹底擊退，至少也能給華夏軍一次重創。」宗預在曹德的身邊，指著遠處的華夏軍大營說道。

曹德有勇無謀，頗有其兄曹操的遺風，更是殺人如麻。他本來和宗預一起率軍由陸路向巴郡挺進，奈何冬雪消融，道路泥濘，有一些重要的地段還出現了塌方或者是山體滑坡，以至於路不成路，耽誤了他們的行程。所幸的是，如果他們走得太快，只怕就無法抵擋住甘寧的大軍了。

三天前，華夏軍在犍為登岸，曹德聽了宗預的計策，趁華夏軍登岸之時發動了襲擊，使得華夏軍損兵折將。

經過上次事情後，曹德對宗預頗為信任，雖然名義上宗預是主將，但是軍權還是握在曹德的手裡，而且宗預對曹德也是歌功頌德，溜鬚拍馬，使曹德對宗預的話從未有過任何的懷疑。

這次聽到宗預的話後，曹德當即點點頭，指著江岸上的華夏軍大營以及江面上排開的戰艦道：「華夏軍的水軍還在江面上排著，我軍現在發動襲擊，那些在江面上的戰艦會不會開過來？」

「此地水淺，華夏軍的戰艦無法靠近，只能以輕舟運送士兵，陸上營寨是臨時搭建，並不堅固，何況又是背靠江岸，此等紮營犯了兵家大忌，只要發動夜襲，諸軍並立向前，奮勇激戰，絕對可以將華夏軍逼到江中去，到時候華夏軍一亂，就是王爺取得大功之時。」宗預道。

曹德聽後，哈哈笑道：「很好，如果能擊敗華夏國五虎大將軍之一的甘寧，孤必然會名揚天下，你也會受到皇上重用，孤會鼎立推薦你。」

「多謝王爺提拔。只是，華夏軍在岸上的兵力太多，我以為，當回營調遣兵力，然後左右夾擊，聲援王爺，這樣的話，夜色難辨，華夏軍也不知道我們來了多少敵人，可以在心裡上給敵人造成壓力。」宗預繼續說道。

「嗯，那你回去調集兵力，孤在此守著，時間一到，孤就發動夜襲，到時候你再回應孤，必然能夠一戰而定，讓華夏軍的人不敢登岸。」曹德開心的說道。

宗預抱拳道：「王爺，那我告辭了。」

等到宗預走後，曹德看著宗預消失在夜色當中，心中暗暗想道：「荀文若未免太多心了，宗預如此優秀，對本王又是言聽計從，而且擅於謀劃，又怎麼會有他心呢，如果殺了他，就等於是卸磨殺驢啊，本王於心何忍……」

宗預離開曹德後，迅速回到魏軍所駐紮的大營。

大營裡，魏軍只有少數的兵力，其中剩餘的一萬人都是蜀漢舊軍，宗預先以曹德的命令調集魏軍全部去支援曹德，這些將士知道曹德厚愛宗預，也不敢違抗，便紛紛出營，按照宗預安排的地點去了。

等到魏軍全部離開後，整個大營裡就只剩下蜀漢的舊臣和一萬舊軍了。

宗預跨入中軍大帳，迅速的讓士兵召集吳蘭、雷銅、費觀、龐羲、鄧芝、董和、秦宓等人，準備商議大事。

等到吳蘭、雷銅、費觀、龐羲、鄧芝、董和、秦宓等人全部抵達中軍大營後，宗預先是畢恭畢敬的向吳蘭等人鞠躬，之後朗聲說道：

「諸位大人都是蜀漢舊臣，現在華夏軍正在攻打魏軍，以華夏國的雄厚實力，早晚都會將其打敗。現在曹德正率領魏軍在外，準備對華夏軍發動夜襲。一路上行軍，在下難得和諸位大人有過如此會聚，現在已經到了關鍵時刻，只要我們和華夏軍一起聯合行動，就能將曹德所部消滅在野外，不知道諸位大人的心中到底是如何想的？」

吳蘭等人都是面面相覷，一路上就屬宗預和曹德最親密，兩個人好得像是穿一條褲子，而且宗預不斷投其所好，取得曹德信任，此時又來勸說他們反叛曹德，眾人不知道宗預是真還是假，是不是曹德派來故意試探他們的。

於是，吳蘭等人對視一番後，當即抱拳道：「我等自從歸順大魏以來，對大魏忠心耿耿，從來沒有半點二心，請將軍明察。」

宗預道：「諸位大人不必如此緊張，我知道你們所擔心的是什麼，懷疑我是曹德派來試探你們的，你們放心，我並非是曹德派來的。我的真實身分是華夏國情報部西南科的科長，我於半年之前來到蜀漢，為的就是搜集消息的，這是我的證件！」

說著，宗預從懷中掏出一枚權杖，這枚權杖一經亮出來，在座的人都驚訝不已，因為在劉璋剛剛稱帝之際，卞喜便曾經親自送上賀禮，所亮出的權杖和宗預的一模一樣，稍微不同的是，卞喜的權杖是金的，而宗預的則是銀的。

不過，吳蘭等人仍有些猶豫不決，憑藉一個權杖，能說明什麼?!

宗預繼續道：「在下是華夏國第二屆科舉文科榜眼，在一年前受皇上密令，統轄情報部的西南科，眾人如果不信，可以問問你們身邊的親兵。」

話音一落，從帳外走進來七個人，這七個人分別是吳蘭、雷銅、費觀、龐義、鄧芝、董和、秦宓的親信，七人一進來，便朝宗預參拜道：「參見科長！」

「免禮，現在是非常時期，你們的身分也沒必要保密了，請亮出你們的身分吧！」宗預朗聲道。

「諾！」

七人從懷中掏出一枚鐵質的權杖，和宗預的權杖一樣，上面都刻著一個大大的「探」字。

吳蘭等人這下徹底震驚了，這幾個親信可都是跟隨自己有些年頭了，最短的也有三年，最長的有七年，沒想到竟然都是華夏國的人，讓他們徹底瞭解到華夏國情報部的可怕。

「你們不要驚訝，華夏國情報部西南科的斥候足足有一萬多人，分散在整個西南的各個地方，這些人平時都隱藏起來了，表面上可能是農夫、樵夫、商人或是軍人，但實際上都是隸屬於我的部下。現在你們如果肯相信我，就和我一起行動，虎衛大將軍那邊也已經準備停當了，只要我們一發動叛亂，就能立刻將曹德前後夾擊，徹底消滅曹德，剔除去成都的最後一道障礙。」宗預道。

「魏國屠殺我國百姓，殘暴不仁，為了死去的百姓、將士，我願意跟隨將軍一起行動，斬殺曹德，攻克成都，並且歸順華夏國！」吳蘭第一個叫道。

吳蘭是軍中的宿將，早在劉焉時代就已經名冠巴蜀了，只是劉璋上臺後，極力扶持親信，使得他被撇在了一邊，處在了不上不下的位置。現在他看到機會來了，自然不肯錯過這次時機。

雷銅、費觀、龐羲、鄧芝、董和、秦宓等人聽到吳蘭都同意了，於是紛紛抱拳道：「我等願意追隨將軍左右！」

月黑風高夜，犍為長江岸邊的華夏軍大營裡靜謐非常，負責守營的巡邏隊伍也呈現出疲憊之色，進入丑時之後，巡邏隊伍漸漸少去，大多都回營去休息了，只留下零星一些在箭樓上守衛的哨兵。

華夏軍大營外面的一片密林裡，曹德正在觀望著，守候許久，才等到華夏軍的漏洞，不禁顯得有些興奮，扭臉對身邊的宗預說道：「都準備好了嗎？」

宗預回答道：「一切都安排就緒了，左翼、右翼只等王爺的一聲令下了，完全將華夏軍三面圍定。」

「很好，德豔，此次若能一舉給予華夏軍一次重擊，你就是首功，現在你去右翼，指揮那撥蜀漢的舊軍，我擔心他們不夠盡力。」曹德開心的道。

宗預點點頭道：「王爺放心，我這就去，保證讓那些人盡心盡力的為這次行動畫上一個圓滿的句號。」

話音落下，宗預轉身便走，很快便消失在夜色中。

曹德盤算著宗預離開後的時間，估摸宗預已經抵達右翼之後，便下令道：「開始進攻！」

命令一經下達，曹德一馬當先，率領身後的數百精騎便從樹林中衝了出去，身後的大軍緊緊相隨，直接衝向華夏軍的大營。

喊聲陣陣，如同滾雷，魏軍的攻擊之勢迅速非常，華夏軍的大營裡聽到吶喊聲，士兵紛紛從營帳裡走了出來，象徵性的用弓弩抵抗了一會兒，見曹德率眾已經殺至寨門口，紛紛向後退卻。

與此同時，左翼、右翼也開始從兩側夾攻，華夏軍退到了沿岸一帶，背靠江水，組成了一個方陣。

方陣當中，一員年輕將領手持鋼刀，騎在馬背上，穿著一身鎧甲，正是甘寧

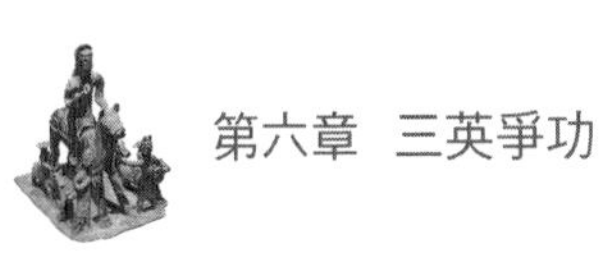

的水軍陸戰隊前鋒營都統鄧翔，只聽他大聲叫道：「前有敵軍，後無退路，眾將士當在此死戰！」

鄧翔的話一出口，身邊將士立刻響應，左手盾，右手刀，圍成一個方形。

鄧翔看曹德率軍進入了營寨，嘴角露出一絲詭異的笑容，心中暗暗地想道：「這裡就是你海陽王的葬身之地！」

魏軍聲勢浩大，曹德更是興奮異常，很快便衝進了華夏軍的大營裡。只是，當他見到整個大營裡只有鄧翔這一營兵馬，沒有呈現出他所要的那種崩潰之勢時，不禁皺了一下眉頭，心中暗暗想道：

「這座大營少說也能裝一萬五千人，可是實際上卻只有這兩千人，那麼其他的人呢？難道還在江心中的戰艦上？又或是華夏軍有什麼詭異的行動？」

曹德想不通，他雖然和曹操是一個娘生的，可是他的腦袋瓜子卻沒有曹操的好使，正在他還在思慮的時候，左翼的兵馬已經殺入了大營，迅速的和他的兵馬融合到了一起，朝著在江岸上的鄧翔等人衝去。

他又看了一眼右翼，見右翼也殺進了營寨，除了行動稍微遲緩一些，沒有發現什麼異常之處，而且宗預打頭，帶著吳蘭、雷銅等人殺了過來，心中的擔心為之去了一半。

「看來華夏軍故布疑陣，大軍仍舊全部留在戰艦上，這也難怪，畢竟是水軍，在陸地上肯定不如水上舒服。」曹德自我安慰的在心裡說道。

「放箭！」鄧翔親自端著連弩，扣動連弩的機括，發射出第一支箭矢，同時大聲地下令道。

一時間，弩箭齊發，朝著快要衝過來的魏軍士兵射去，在弩箭的快速射擊中，不少魏軍從馬背上被射翻下來，有的還沒死亡，反而被後面衝過來的馬隊給踐踏得血肉模糊。

不過，饒是如此，魏軍卻沒有絲毫害怕的樣子，曹德更是勇猛向前，身後的精騎也無不拼死效力，撥開射過來的弩箭之後，借助馬匹的快速衝撞力，直接朝著華夏軍布置在第一排的刀盾兵撞了過去。

「砰！」

一聲巨響，魏軍的騎兵便和鄧翔的部下來了一次親密的接觸，這次親密接觸的結果是，華夏軍的士兵被馬匹的快速衝擊力撞飛了不少，有的士兵當場被撞死，口吐鮮血，倒地不起，有的則是手骨斷裂，整個胳膊的骨頭都錯位了，並且蹭破了皮肉，直接露了出來，那白森森的骨頭上還沾著鮮紅的血液。

不過，這種衝擊力也就這一次而已，後面再衝過來的魏軍騎兵對前面的己方

有所顧忌，勒住了馬匹，不再向前衝撞。

鄧翔見狀，一臉的怒意，大喝一聲後，前面的隊伍中便閃出了一個小道，只供鄧翔一人撥馬向前行走，實際上，兩千人的戰陣裡，只有鄧翔一人騎馬。

「啊……」

兩軍的親密接觸後，華夏軍的戰陣不為所動，雖然受到兩面夾擊，可是這些士兵都視死如歸，沒有一個人後退，只是奮力的向前，舉刀便砍，將魏軍的那些騎兵從馬背上砍翻下來。

前方步兵努力奮戰，後面搭不上手的士兵則用連弩射擊，在這麼短的距離內，連弩的威力得到了充分的發揮，魏軍雖然人多，可進入白刃戰後，也未能討到什麼便宜。

曹德提著一口大刀，正在馬背上奮力的斬殺華夏軍的士兵，忽然見前面鄧翔騎馬過來，一臉的猙獰，便知道鄧翔是敵方將領，抖擻了一下精神，直接朝鄧翔攻了過去。

鄧翔的目標就是曹德，見曹德來了，心中也是異常的興奮，發誓要將曹德斬殺在自己的刀下，以祭奠上次在登岸時被伏擊陣亡的海軍陸戰隊前鋒營的一千多將士。

冰冷的刀鋒迅速地砍向曹德，鄧翔不等馬匹走到，立刻從馬背上躍起，惡鷹撲食一般朝著曹德攻去。

曹德沒料到鄧翔會從馬背上躍起來攻擊自己，被鄧翔居高臨下，森寒的刀光從自己的面前一閃而過，他舉起手中的大刀，擋住鄧翔的攻勢。

「錚」的一聲響後，曹德只覺自己手中的大刀發著嗡鳴般的聲音，整個雙手都被震得發麻，心中暗叫道：「這傢伙好大的力氣啊……」

一個回合轉瞬即逝，鄧翔凌空落下，落到魏軍的陣營裡，雙腳剛一落地，便立刻有十幾條長槍迎面刺了過來。

他不慌不忙，沉著應戰，手中鋼刀猛地向前揮出，只聽見叮叮噹噹十幾聲脆響，刺來的長槍都被他砍成了兩截。

鄧翔刀法快速，那一刀之勢還沒有過去，只見刀鋒一轉，身體向前一躬，一刀便揮了出去，攔腰砍傷了前面十幾個魏軍士兵，同時他感到後腦勺上一陣凌厲的刀風掠過。

他瞥了一眼，見曹德握著大刀，於是一個空翻，迅疾轉身，舉刀便朝馬背上的曹德攻去。

曹德見鄧翔像一條泥鰍一般，本來想趁鄧翔在對付自己身後的士兵時偷襲鄧翔，哪知道鄧翔的腦後像是長了眼睛一般，避過了他的一刀。

如今，他這一刀攻勢太猛，以至於無法收回大刀，鄧翔的攻勢隨之而來，冰冷森寒的刀鋒朝著他的脖子揮砍過來，情急之下，曹德只好舉起手臂去阻擋。

「刷！」

鄧翔的鋼刀鋒利無比，所過之處，曹德的手臂立刻被斬成了兩截，左手直接掉落在地上，從手腕那裡噴湧出許多鮮血，整個人更是慘叫不止，臉上和眼中都出現了恐懼的樣子。

不等曹德的叫聲繼續，鄧翔趁機又補上一刀，直接將曹德攔腰砍斷，整個人瞬間變成兩截，當場死亡。

這邊曹德剛死，那邊大營外面便發出滾雷般的馬蹄聲以及華夏軍的戰鼓聲，從黑暗中不知道殺出多少華夏軍，與此同時，宗預率領吳蘭、雷銅等一萬蜀漢舊軍也瞬間倒戈相向，朝著魏軍便攻殺了過去，魏軍被殺得措手不及，又失去了主將，一時間各自為戰。

鄧翔奮力殺出一條血路，看到甘寧、郝昭、令狐邵、沙摩柯、施傑紛紛帶兵殺來，勢如破竹，大喊道：「將士們，大將軍到了，將這些人趕盡殺絕，為死去的弟兄們報仇！」

命令一經下達，鄧翔的前鋒營立刻士氣高漲，由於甘寧等人的出現，以及宗預的逆擊，使得備受魏軍壓力的前鋒營頓時變得輕鬆起來，前鋒營的將士們無不奮勇向前，和鄧翔一起攻殺著整個魏軍。

夜色濃郁，江岸上血灑一地，屍體更是多不勝數，黑暗的夜裡也充滿了血腥……

陽春三月，萬物復蘇，成都城內外更是一片祥和，城頭上插遍了華夏軍的大旗，大旗迎風飄展，顯得是那麼的鮮豔奪目。

司馬懿、龐統站在城樓上向外眺望，兩人的心裡都是一陣感慨。

尤其是龐統，他在三個月內，兩次進入成都城，卻是以不同的身分進來，不知道是上天開的一個玩笑還是天意弄人。但是，不管怎麼樣，他的人生價值得到了體現，不管是在曹操那裡，還是在高飛這裡，他都受到了重用。

春風拂面，吹亂了龐統的頭髮，他穿著一襲的墨色長袍，其貌不揚的他站在俊朗的司馬懿身邊，形成了一個極大的反差。

他的雙目遠遠地眺望著城南，看到一支華夏軍的軍隊在甘寧的率領下浩浩蕩蕩而來時，心裡不由得一陣感慨。

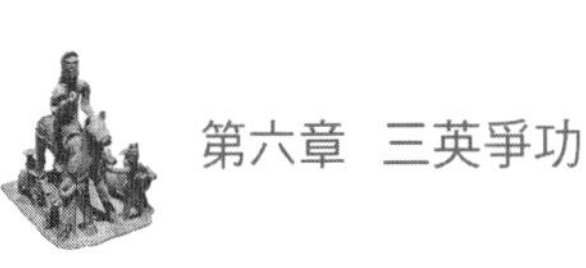

「華夏國確實比魏國強大許多，而且人才濟濟，名將如雲，不知道戰後的功勞又該如何分配？諸葛孔明，我宿命中的摯友，沒想到我們又會再次見面……」龐統看到甘寧身邊一個熟悉的身影時，暗暗地道。

「士元，成都是我們拿下的，你要記得，無論何時，這功勞都是我們的。虎衛大將軍一行雖然牽制了敵人的大量兵馬，但是請記住，是我們第一個進入成都城的。我們故意演了一場不和的戲給眾人看，並且讓徐庶對我們爭功鬧得不可開交信以為真，後來你我又同時制定了一個局，這些功勞我們絕對不能讓給別人，知道了嗎？」

司馬懿充滿智慧的眼睛眺望著城外那支慢慢靠近的己方大軍，對龐統輕聲地說道。

龐統斜視了司馬懿一眼，見司馬懿的眼裡充滿了貪婪，他在想，如果自己不在這裡，司馬懿必然會將功勞全權收為己有吧。

「仲達兄，我記下了。」龐統淡淡地說道。

城外，甘寧、諸葛亮率領五百輕騎先行來到了成都城下，身後的華夏軍以及收降的降兵足足有四萬五千多人，大軍浩浩蕩蕩的行來，給人極大的震撼。

諸葛亮跟隨甘寧抵達成都城下時，看見司馬懿、龐統從城中走了出來，尤其是看見龐統時，他的心裡立刻擰上了一個結。**昔日的摯友，今日是否還會如同當初一般？**

「參見大將軍！」

司馬懿雖然受封為征南大將軍，但是在將軍體系中，五虎大將軍的地位是永遠無法撼動的。

甘寧從馬背上跳了下來，將手中馬鞭向身後的親兵一揚，他的親兵便將馬鞭接住。

甘寧一臉笑意，抬起雙手落在司馬懿的肩膀上，只覺得司馬懿的體格硬朗，健壯，便笑著說道：「仲達長大了，已經不是當年的那個仲達了，而且體格也很健壯，像個男子漢了。」

司馬懿咧嘴笑了笑，他小時候在薊城淨是幹些調皮的事情，人人都知道司馬防的二兒子是最為調皮的，是薊城裡的孩子王。

他謙卑地說道：「讓大將軍見笑了，少時的那些事情不值得一提。」

甘寧呵呵笑道：「那可未必，我還清楚的記得，你曾經帶著小寧去掏鳥窩，結果從樹上摔了下來……」

司馬懿連忙拜道：「大將軍請恕罪，仲達當時玩性太大，以至於讓甘公子摔傷了，實則是仲達的錯誤，現在想起來，仲達十分愧對甘公子……」

甘寧見司馬懿緊張萬分，道：「仲達不必如此自責，小孩子嘛，誰能沒有個玩性呢。」

「小寧他……現在好嗎？」

司馬懿見甘寧沒有責怪的意思，這才鬆了口氣，但是面對甘寧這個長輩，司馬懿感覺自己像是矮了一頭似的，他的眼睛看了一下甘寧身邊的諸葛亮，心中反而多了一絲疑慮。

甘寧道：「小寧非常好，正在遼東經受鍛煉呢，以後也許你們會再次見面的。仲達，我們進城吧。」

司馬懿點了點頭，主動讓開了一條道路，讓甘寧、諸葛亮等人進入城中。

諸葛亮在經過司馬懿和龐統身邊時，用眼角的餘光瞥了他們一眼，那一瞥卻意味深長。

等到甘寧、諸葛亮等人全部入城後，司馬懿便對龐統小聲說道：「甘將軍先入為主，看來情況不妙啊……」

龐統自然知道司馬懿在說什麼，但是對他來說，功勞是大家親眼所見的，他始終認為，功勞是自己的就跑不掉，如果有人想搶奪自己的功勞，他就會奮起反抗，因為這一次是他的進身之階。

「姑且走一步看一步吧！」龐統淡淡地說道。

「也只有如此了。」司馬懿道。

緊接著，甘寧的後續部隊也魚貫入城，整個成都城前幾天還是一片肅殺，但是到了今天，近十萬的華夏國大軍全部抵達成都城，在這裡勝利會師，在蜀人的心裡，造成了一種不小的陰影。

因為魏軍打敗了蜀軍，而華夏軍又打敗了魏軍，這就足以說明華夏軍對付蜀軍根本不在話下。

另外，華夏國的政策開明，軍隊紀律嚴明，入蜀之後，並未給百姓造成什麼不良的影響，反而是諸葛亮最初提出的約法三章在蜀地掀起了一片浪潮，以至於華夏軍走到哪裡，百姓都夾道相迎。

如今的成都城裡是一派祥和的氣氛，三方勢力全部彙聚在此，虎衛大將軍甘寧成為了實際上的首領，另外軍中還有蜀漢的舊臣、魏國的舊臣，大家和華夏國的人組成了一個很強大的體系，雖然是三方勢力，但是卻彼此持平，沒有出現什麼不良的事情。

蜀漢的皇宮大殿上，甘寧帶著眾多文武一起登上了劉璋昔日的大殿，看到這種豪華奢侈的裝修後，不禁為之感嘆。

甘寧本身就是益州人，當年是縱橫長江、漢水一帶的「錦帆賊」，現在卻以華夏國五虎大將軍之一的身分回到了益州，此時故地重遊，讓他的心情感慨良多。

甘寧大搖大擺的坐在劉璋昔日的皇帝寶座上，手摸著寶座上鑲嵌的寶石、金玉、瑪瑙等物，不禁嘆道：「劉璋如此奢侈，如何能不亡？」

司馬懿、諸葛亮、龐統、黃權、張繡、郝昭、鄧翔、令狐邵、宗預、劉巴、楊懷、吳懿、吳班、孟達、吳蘭、雷銅、費觀、龐羲、鄧芝、董和、秦宓，以及魏軍的一些降將依次站在大殿之中。

「皇上分兵攻取成都，今日蜀中已經大定，只有局部尚未平定，依我看，傳檄可定。現在，請大家各述功勞，我也好寫捷報呈報給皇上，等待皇上的近一步指示……」甘寧環視一圈，頗有大將風範地說道。

話音一落，司馬懿第一個出列，當即陳述自己的功勞。緊接著，諸葛亮也當仁不讓。再後來，眾人你一言我一語的說個不停，但是魏軍的降將卻沒有半點發言權。

甘寧聽到聲音一片嘈雜，諸葛亮、司馬懿尤為爭搶的激烈，司馬懿認為自己取成都有功，諸葛亮則認為成功的牽制了敵人的兵力，才使得司馬懿輕鬆攻克成都，兩個人言辭鑿鑿，都互不相讓，以至於看上去爭吵萬分……

「夠了！」甘寧忍無可忍，大聲呵斥道：「你們都給我閉嘴！大庭廣眾之下，你們當眾爭吵，不覺得羞恥嗎？」

司馬懿、諸葛亮都是年輕氣盛之人，而且兩人一路上都自認為貢獻的比較多，所以他們兩個爭論的焦點，集中在是牽制敵人的功勞大，還是攻占成都的功勞大。

司馬懿竭力爭功，為的是張繡、龐統、黃權、楊懷這一路攻克成都的兵馬，諸葛亮則是仗著有甘寧撐腰，竭力將功勞攬到甘寧這邊，那麼他的功勞也就會大了。

甘寧的話音一落，司馬懿、諸葛亮便不再吭聲了，整個大殿中鴉雀無言。

司馬懿這時候朝龐統使了一個眼色，龐統微微地點點頭，便站了出來，先朝甘寧拜了拜，緊接著又朝在場的所有人拜了拜。

諸葛亮看到龐統如此，似是有恃無恐，而且表情淡定，暗想道：「阿醜難道有什麼鬼主意？」

龐統從懷中拿出一封密信，遞給甘寧，緩緩地說道：「大將軍，這是皇上讓在下交給大將軍的一封密信，請大將軍過目。」

所有人都為之一震，誰會想到龐統身上還有一封密信，一時間，眾人的目光全部集中在甘寧手中的那封密信上，都想知道這封密信中到底寫的是什麼。

甘寧當即打開一看，匆匆流覽過後，哈哈笑道：「皇上聖明！」

甘寧笑聲落下之後，環視一圈迷惘的眾人，說道：

「聖諭！司馬懿、諸葛亮、龐統跪聽！」

司馬懿、諸葛亮、龐統當即跪在地上，道：「臣等在！」

甘寧道：「陛下聖諭，密信拆開之時，便是三位返京之日，請三位同行，即刻返京，不得有誤。」

第七章

殺父仇人

高飛森寒的目光盯在袁杏的身上，質問道：「說！為什麼要行刺朕？」

「你是我的殺父仇人，我不報此仇，誓不為人。」袁杏見自己被擒，也不隱瞞什麼了。

「殺父仇人？你的父親是誰？」高飛收起長劍，喝問道。

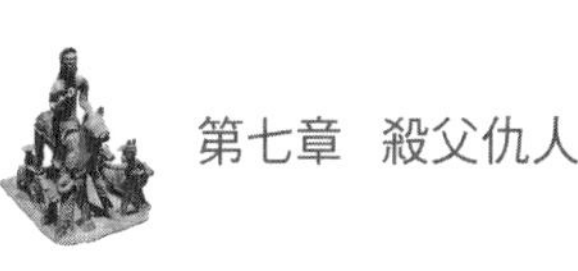

司馬懿、諸葛亮、龐統面面相覷，答道：「臣遵旨！」

甘寧走到司馬懿、諸葛亮、龐統三人身邊，道：「聖諭讓三位即刻返京，我這就派出快馬，給三位預備些乾糧，你們就朝洛陽去吧，沿途不得騷擾郡縣，不得在驛站留宿，日夜不停，馬不停蹄返回京城，皇上限期二十天。」

龐統心中暗道：「二十天？現在的蜀道，少說也要走上十幾天才能出去，皇上讓我們這麼急著回去，到底是幹什麼？」

司馬懿、諸葛亮也是同樣想法，和龐統對視一眼，但是又不能說什麼，只能先接旨。

甘寧看出三人的疑問，道：「你們騎馬先到犍為，我讓留守的水軍送你們去荊州，沿江而下，走水路會很快，但是從荊州到京城的那一段路，就要靠你們自己了，你們好自為之，現在就走吧。」

司馬懿、諸葛亮、龐統沒再說什麼，離開了大廳，但是三人心裡卻各懷鬼胎，摸不清高飛到底為什麼要這樣做。

等司馬懿三人走後，甘寧對黃權道：

「黃將軍，皇上聖諭，任命你為大都護、益州知州，正一品大員，儀同三司，並且改蜀郡為成都府，由你兼任成都府的知府，所有華夏軍以及投降的魏軍一律撤出蜀中，整個益州全部由黃將軍一人做主，所有的蜀漢舊臣由你統一做出書面的裁決，我會給你講解一下我們華夏國的官職體系，讓你瞭解官職的機能和作用。另外，任命張任為左都指揮使、法正為右都指揮使，均是正一品大員，全權負責所有蜀中留守的軍兵，到時候你派人通知張任、法正上任即可。」

黃權聽後，十分激動，沒想到整個益州由他一人做主，當即道：「謝主隆恩。」

甘寧笑了笑，走到沙摩柯的身邊，說道：「聖諭，令沙將軍為南中安撫使，正三品大員，直接歸屬於皇上親自指揮，出使南中，安撫南中蠻夷，以宣揚我華夏國威。」

沙摩柯本來還在為諸葛亮走了而感到不自在，準備等到散會後去找諸葛亮，哪知道竟然會給他安排一個什麼南中安撫使，歸屬於高飛親自指揮，無奈之下，只好勉強答應了。

甘寧將密信中的內容宣讀完畢之後，便道：

「益州乃天府之國，皇上為了不至於讓益州飽受戰亂，特意如此做法，還請各位蜀地的英賢們盡心盡力，為營建我華夏國的大和平做出努力，並且希望能夠達到一個前所未有的盛世王朝。本府會在此留守半月，以穩定局勢，待局勢穩定後，本府將遣返所有不屬於蜀地的兵馬。今日就到這裡吧，散會。」

會議散後，甘寧拉著黃權開始講解華夏國的官職體系，包括軍政分離，三省六部制，州、府、縣等之間的關係。

黃權聽後，覺得這些制度非常適合蜀地，而且還能有效扼止以前郡太守發動叛亂的機會，如此一來，黃權對於重新治理蜀地信心百倍。

與此同時，荊州一帶也正在進行著一場很大的變革，華夏國和吳國之間雖然在荊南三郡的交接上劍拔弩張，但由於荀攸、張遼、黃忠、文聘、諸葛瑾、司馬朗等人的積極努力，和吳國的大都督周瑜進行不斷地交涉，終於按照當初高飛和孫策約定的三月十五這個日子做出和平的交接。

交接過後的零陵、桂陽兩郡歸屬吳國，而之前吳國占據的半個江夏則併入了華夏國。

兩國在交接之前，都盡皆強行遷走當地百姓，讓當地的百姓背井離鄉，但是由於兩國處理得當，所以並未發生民變或者暴動。

在這個時候，孫策也加緊在吳國重要的沿海港口打造海船，準備渡海去占領孤懸海外的夷州（臺灣）和朱崖州（海南島）兩座島嶼。只是，孫策卻不知道，對這兩座荒島的占領，等待他的將是一場前所未有的經濟危機……

高飛率領飛羽軍一路返回了洛陽，洛陽城中的文武大臣無不排開隊伍，進行熱烈的歡迎。

以太尉賈詡為首的歡迎隊伍，從洛陽城的西門一直向城內綿延出十里，從去年開始，短短五個月的時間，華夏國便先後滅掉了劉備的荊漢以及曹操的西魏，使華夏國的版圖擴大了好幾倍，所以，作為樞密院的太尉，賈詡認為這是一個值得慶祝的日子，而京城的百姓更是對高飛表現出無比的崇拜，自發的組織在一起，等在道路兩旁。

將軍百戰死，壯士十年歸，高飛看到這個盛大的場面，表現出的不是喜悅的心情，反而令他焦躁不安。

因為，在東南一帶，吳國仍然維持著獨立的政權，國家尚未完全統一，但是由於前期扶持吳國以及和吳國之間的這種曖昧關係，讓他覺得如何將吳國併入自己的版圖是一個很難的問題。

他不能貿然攻擊自己的盟國，而且這個時候，西北、西南剛剛歸附，華夏國積攢數年的積蓄由於龐大的軍費開支也即將耗盡，國內更是出現了一些反戰的情緒，那些諫官門紛紛指責他窮兵黷武，華夏國的青壯年也在陸續減少……

一連串的問題，讓這個曾經英姿颯爽的帝王變得有些多愁善感，他不想將戰事拖得太長，希望在自己四十歲之前便完成統一大業，**為了這個夢想，他只能繼續站在風口浪尖上，繼續飽受著那些諫官、史官的冷嘲熱諷**。

高飛帶領飛羽軍抵達京城的城外，賈詡率領文武百官當即跪拜道：「吾皇萬歲萬歲萬萬歲！」

高飛從馬背上跳了下來，走向賈詡，將賈詡給扶了起來，然後對田豐、管寧等人說道：「眾位愛卿平身。」

文武百官全部站起之後，高飛便在文武百官的簇擁下進入洛陽城。

百姓夾道歡迎，揮舞著小旗子大聲吶喊著，年輕的姑娘紛紛向她們心中英明神武的大皇帝陛下拋去媚眼，每個女子都希望能夠得到這個皇帝的一眼青睞，可是換來的只有高飛一臉的冷漠。

「姐姐、姐姐，快來這裡，是皇上，這裡看得最清楚了……」

一個妙齡少女站在御道外面，揮舞著小手，朝另外一個年紀不大的女子大聲地叫道。

少女的聲音很高亢，恰好高飛從那經過，高飛聽到後，忍不住扭過望去。

本來高飛凌厲的眼神可以殺死任何人，可是當他朝人群中看去時，發現一名驚豔脫俗的女子映入自己的眼簾，女子美得無話可說，任何華麗的詞語似乎用在她的身上都覺得不夠形容她的美。

高飛深深地被這個女子吸引住了，可是由於兩旁圍觀的百姓實在是太多了，只一剎那，那個女子便消失在高飛的視線中。

高飛極力的張望，可是卻再也找不到那名女子了，無奈之下，只能回過頭來，繼續目視前方，臉上又多了幾許陰沉……

一直走在高飛身側的賈詡注意到高飛這個微妙的動作，心中當下明白，卻什麼都沒說。

回到皇宮後，高飛開始升朝，戰事基本平定，讓參議院、樞密院、九部尚書開始個個發言，準備讓全國進行再一次的休養生息中。

下面的大臣各抒己見，高飛坐在龍椅上卻是心不在焉，腦海中一直出現剛才那個女子的畫面，心中暗道：「**沒想到世間竟有如此美麗的人，不知道這樣一個美人，到底是誰家的姑娘……**」

半個月後，司馬懿、諸葛亮、龐統同時返京，一進京城，便立刻去皇宮大殿覲見他們的皇上。

崇華殿內，高飛還在與參議院的幾位丞相以及戶部尚書、吏部尚書商議戰後具體的恢復問題，忽然高橫（即盧橫）跨步入內，拜道：

「啟稟皇上，司馬懿、諸葛亮、龐統三人已經抵達京城，現在正在宮門外候著。」

高飛聽到後，沒有立刻回答，而是對田豐、管寧、邴原、鍾繇等人說道：

「你們擬定一份詳細的計畫書，然後讓秘書長陳琳交給我，我審核後，再頒布天下。」

田豐、管寧、邴原、鍾繇等人齊聲答道：「臣等遵旨！」

高飛轉身離開，對高橫道：「讓他們三個人進宮，朕在龍騰殿等他們。」

「臣遵旨。」

龍騰殿位於皇宮大殿的右側，平時只有重要的人物才可以在龍騰殿獲得召見，可見高飛很是器重司馬懿、諸葛亮和龐統。

龍騰殿內，高飛剛坐下去沒多久，司馬懿、諸葛亮、龐統便在高橫的帶領下，走進了龍騰殿。

一進大殿，司馬懿、諸葛亮、龐統便跪在地上，拜道：「叩見皇上，吾皇萬歲萬歲萬萬歲。」

高飛看到司馬懿、諸葛亮、龐統都是風塵僕僕的，衣衫也顯得有些破舊，臉上更是蓬頭垢面，看上去顯得飽經了一番滄桑，於是擺擺手道：「你們一路行來，路上肯定吃了不少苦吧？」

「說說你們的感受吧……」

高飛目光如炬，看出三個人與之前有所不同，**司馬懿的傲、諸葛亮的清高、龐統的自負都有了一些收斂**。

司馬懿首先說道：「啟稟皇上，臣此行深有感觸，雖然一路上十分艱辛，但我們三人齊心協力，患難與共，克服了不少困難。臣最大的感觸就是，多了兩位摯友。」

諸葛亮、龐統也是如此感想，想想之前在成都時為了爭搶功勞的爭吵，現在早已經不放在心上了。

「臣等也是如此。」諸葛亮、龐統齊聲答道。

「很好，你們三個人都有大功，朕要正式的封賞你們，從今天起，司馬仲達、龐士元進樞密院行走，以巡檢太尉的身分和樞密院裡的幾位太尉大人同掌全國軍事機要，諸葛孔明進參議院行走，以巡檢丞相的身分和參議院裡的幾位丞相大人同掌全國政事，巡檢太尉、巡檢丞相均為朕臨時設立的正三品的官，只是讓

你們能夠進入樞密院、參議院學習，希望你們戒驕戒躁，不要再出現如在成都時的爭吵，你們要清楚，朕的眼睛是雪亮的，有功必賞，有過必罰。」高飛道。

司馬懿、諸葛亮、龐統三個人齊聲答道：「謝主隆恩。」

「你們去秘書處領取聖旨，秘書長陳琳會告訴你們細節。」高飛擺手道。

司馬懿、諸葛亮、龐統拜別後，便出了龍騰殿。

高飛看著三人的背影，嘆道：「但願三個青年才俊以後能夠齊心協力……」

高橫見大殿內沒有旁人了，低身說道：「皇上，國丈大人要夜宴皇上，說是有要事相商，不知皇上是否要去？」

「既然是國丈的盛情邀請，朕又怎麼能夠不去呢？你去內務府傳話，讓蘭妃帶領四皇子、五皇子與朕一起前去，蘭妃也有許久沒有見過國丈了。」高飛道。

「臣遵旨。」

高飛稱帝之後，對於後宮的設置也有一些變化，後宮取消了太監制，整個後宮只有宮女伺候，除了高飛以及諸位皇子之外，任何男性都不得進入後宮。

在侍衛方面，高飛用昔日的娘子軍代替男性侍衛，又專門成立內務府，管轄後宮，皇后、嬪妃的權力全部移交到內務府，以抑制後宮爭權的局面，皇后、嬪妃只是存在一個名位而已。

內務府的頭頭稱為總管，暫時由蔣幹出任，內務府設立在後宮外面，專門處理一些後宮的用度和開支，算是後宮的財政總管，除此之外，別無其他實權，而且內務府也不能進後宮。

命令傳達到內務府，蔣幹便親自帶人到後宮的大門前，剛好文蕊從那裡經過，蔣幹便急忙喊道：「文將軍留步！」

文蕊是最早的一批娘子軍，後來娘子軍曾經因為無甚大作用而一度解散，三千娘子軍的將士先後都嫁人了，文蕊自己也不例外，經過高飛的撮合，嫁給了虎牙大將軍張遼，並且為張遼生下一子，取名張虎。而後，文蕊受封為中護軍，正四品官，重新組建娘子軍，擔任宿衛後宮的重要職位。

「原來是蔣總管啊，是不是又來給皇后娘娘送東西了？」文蕊扭頭看去，見是蔣幹，便讓部下繼續巡邏，自己走到蔣幹的面前道。

蔣乾笑道：「文將軍說笑了，我此次前來乃是有聖諭的，煩請文將軍代為通傳一下。」

「哦，既然是聖諭，那就請蔣總管說吧。」

「皇上要蘭妃攜帶四皇子、五皇子一起去賈國丈家裡赴宴，今天未時便要從宮中出發。」

「知道了，總管大人請吧，我這就讓人去通傳蘭貴妃。」

蔣幹走後，文蕊便將消息轉告給蘭妃賈雯，賈雯本是燒當羌的蘭蘭，被賈詡認作女兒後，被高飛迎娶，封為蘭貴妃，並且為高飛生下一對雙胞胎，賜名為高乾和高坤。

賈雯聽到這個消息，急忙收拾一番，讓奴婢抱著高乾和高坤，在未時時，乘坐由內務府所獻的馬車出了後宮。

來到無極殿，賈雯見高飛身穿一身便服站在那裡，身後仍舊是祝公道、祝公平兩大護衛，左手牽著一個小男孩，那個小男孩，賈雯自然不會陌生，正是蟬貴妃之子，三皇子高鵬。

高鵬穿的也並非華貴服裝，看上去十分普通，與一般百姓家的孩童無異，由於年紀小，鼻子下面總是掛著兩條鼻涕，看上去十分邋遢，一點都不像是皇家子嗣。

「哧溜……」高鵬吸了下鼻涕，看到蘭妃帶著高乾、高坤來了，不由得有些興奮。

高飛看到高鵬的樣子，伸手捏住高鵬的鼻子，搖搖頭道：「你個小邋遢鬼，怎麼每天那麼多的鼻涕啊。」

高鵬傻笑著，用衣袖擦拭了一下鼻子，覺得很是舒坦，道：「父皇，怪不得我總是覺得難受呢，原來是鼻涕惹的禍啊……」

「唉……你個傻小子，現在如此，真不知道長大了會變成什麼樣……」

高飛最不滿意的便是這個第三子，自認為貂蟬和自己都基因良好，為什麼生出來的兒子會如此的差勁。

高麒聰明，高麟有勇力，可是高鵬卻一無是處，一部論語學到現在，前後背了兩年了還沒背會，寫的字也是歪三扭四的，不僅如此，還很貪玩，竟然作弄他的老師邴原，把邴原身上抹的淨是鼻涕。

最讓高飛無法忍受的，便是有一次邴原講成語時，講到了「發奮圖強」這四個字，結果高鵬歪曲了意思，理解成「發糞塗牆」，跑到茅廁裡抓著一坨屎便往牆上抹，弄得整個大殿臭烘烘的，洗了好幾遍才弄乾淨……

不過，兒子總歸是兒子，再怎麼差勁，終究是個孩子，也許以後會變得好一些。

「臣妾參見皇上。」賈雯走到高飛的面前拜道。

高飛從宮女的手裡接過高乾、高坤，抱在臂彎裡，顯得很是開心，對賈雯道：「既然來了，那我們就走吧。」

「臣妾遵旨。」

一行人在高橫等人的護衛下，一起出了皇宮，直奔賈詡的府邸。

到了賈詡的住處，賈詡早就在那裡等候了，親自在門口迎接，高飛等人到來後，互相寒暄幾句，便迎入內宅。

客廳裡，賈詡熱情的招待高飛一行人，時而談起國家大事，時而聊到家庭瑣事，相談甚歡。

夜宴完後，賈詡將高飛迎入書房，說是有要事相告。

高飛一直在等賈詡談及此事，便隨賈詡一起進了書房。

「皇上請上坐！」賈詡一進門，便很有禮貌地對高飛說道。

高飛擺擺手道：「你我之間不必太拘謹，何況我今日前來，只是穿著便裝。」

「臣明白，可是君臣之禮不能廢。皇上，臣有一件禮物要獻給皇上……」賈詡說話時很小心，眼睛始終盯著高飛的臉龐。

「哦，太尉大人又送禮給我啊？那我倒要看看，太尉大人送的到底是什麼禮物……」

「啪啪啪！」

賈詡舉起雙手，擊掌三聲之後，便見從書房的一側走出一個披著斗篷的人，寬大的斗篷下面是一個瘦弱的人，斗篷遮擋住了他的面孔，讓人看不清樣貌，但是從那人走路的姿態來看，扭扭捏捏的像個娘們兒，或者說，斗篷下面的就是個娘們兒。

「這位是……」高飛看到之後，不知道賈詡的葫蘆裡到底賣的是什麼藥。

賈詡嘿嘿笑道：「皇上，半個月前，皇上凱旋而歸時，在城中無意間看見一位傾國傾城的美女，這位就是當日皇上所見到的那個美女……」

高飛心裡為之一動，當即打量了一下那個披著斗篷的人，道：「可否脫下斗篷，以真實面目示人？」

穿著斗篷的人點點頭，緩緩地褪去了斗篷，展現在高飛面前的是一個年輕貌美的女子，年紀約莫十八九歲，鵝蛋臉，柳葉眉，櫻桃小嘴，婀娜多姿的身段看上去似乎不堪一握。

「小女子袁杏見過皇上。」女人看到高飛的眼睛直勾勾的盯著自己，便向前走了一步，躬身說道。

「袁杏……」

高飛聽到這個名字時，第一個反應是有點驚訝，**他只知道三國著名的美女有貂蟬、大喬、小喬、甄宓、蔡琰等等，可從未聽說過還有一個叫袁杏的，而袁杏的相貌絕對不亞於上述任何一個美女。**

「皇上，臣當日有幸與皇上一起看到此女，見皇上對此女有點上心，便差人四處尋找，終於在城外的一個郊區找到了此女，待問明了此女的意願後，這才將此女帶來，獻給皇上。」賈詡緩緩說道。

高飛聽了很是欣慰，賈詡確實擅於揣摩他的心思，而且總是將事情做得恰到好處，既不張揚，也不跋扈，十分可靠，他的人生道路上如果少了賈詡，也許不會如此平坦。

「太尉大人做得非常好。」高飛誇讚道，但是目光卻始終放在袁杏的身上，打量一番後，問道：「袁姑娘，你是哪裡人？」

袁杏在高飛如炬的目光下被盯得有些發慌，不敢再看高飛，低聲道：「回皇上話，民女是汝南人，幾年前從汝南遷到洛陽來，就在京城的城郊定居了。」

「嗯……」

高飛見袁杏對答如流，對自己沒有感到絲毫的畏懼，而且身上還透著一股貴氣，**不知道為什麼，高飛總覺得此女不是一般的民女。**

正想時，袁杏忽然從袖子中拿出一把鋒利的匕首，朝著高飛的面門疾射了過來。

賈詡始料未及，沒想到袁杏居然會公然行刺高飛，情急之下，直接用身子擋在高飛的面前，大聲叫道：「有刺客！」

森寒的匕首朝高飛與賈詡飛了過來，賈詡懊悔不已，**自己的一點小心思，沒想到卻引狼入室**，自己只怕一死也難辭其咎。他帶著必死的決心，閉上了眼睛。

只聽「噹」的一聲，高飛長劍一揮，將那柄匕首擊落，同時左臂摟著賈詡，身子一轉，整個人朝袁杏刺了出去。

袁杏吃了一驚，沒想到這麼短的距離還沒有刺到高飛，見高飛長劍刺了過來，右手掌中突然出現一柄匕首，要去抵擋高飛的長劍。

高飛長劍忽然一轉，劍招一變，將袁杏手中的匕首擊落，長劍順勢便架在了袁杏的脖子上。

此時，高橫從書房外帶人闖了進來，見書房內已經穩定了局勢，當即道：

「護駕！」

高橫走到高飛面前，看了一眼袁杏，以及地上的兩把匕首，急問道：「皇上，沒事吧？」

高飛森寒的目光盯在袁杏的身上，質問道：「說！為什麼要行刺朕？」

「**你是我的殺父仇人**，我不報此仇，誓不為人。」袁杏見自己被擒，也不隱瞞，當即叫道。

「殺父仇人？你的父親是誰？」兩名衛兵押著袁杏，高飛收起長劍，喝問道。

「哼！你自己幹的事，你居然忘記了？我落到你的手上，也無話可說，要殺要剮隨你便，就算告訴你也無妨，**我的父親便是袁紹**。」

「你是袁紹的女兒？」高飛訝異地道。

當年鄴城一戰，袁紹家破人亡，除了袁紹的兩個小妾還活著以外，其餘的全部葬在了鄴城，怎麼又跑出一個女兒來？

「不錯，我父親就是袁紹，你殺了我全家，我要替我全家報仇。」

「原來如此，既然你是袁紹的女兒……高橫！」高飛叫道。

「臣在！」

「放她走吧，逐出洛陽，給她一匹馬，一些路費，讓她好自為之吧。」

「皇上，她可是刺客啊……」高橫驚道。

「她是個不合格的刺客，放她走，我想她以後會明白的，戰爭有時候的確很殘酷。」高飛揮揮手道。

「你真的不殺我？」袁杏也驚訝地說。

「我如果想殺你，剛才就殺了。既然你是袁紹的後代，我也不願意有所殘害，已經過去那麼多年了，以後你會明白什麼是戰爭的。」

高橫將袁杏給押了出去，高飛轉身看著受到驚嚇、一臉愧疚的賈詡，安撫道：「太尉大人不必放在心上，這件事就算過去了。」

賈詡跪在地上，拚命叩頭道：「皇上，臣有罪，臣失察，以致引狼入室，差點害了陛下，請陛下降罪。」

高飛道：「太尉大人不必自責，剛才朕也差點被她迷惑了，如果不是她的眼神中透著一股寒意，朕也不會識破。太尉大人一直為朕著想，剛才更冒死護駕，受到了驚嚇，還需調養一二。」

說完，高飛便帶著賈雯、高鵬、高乾、高坤離開了賈府。

第二天早朝，賈詡親自遞上一份奏摺。

高飛看了以後，眉頭緊皺，當即將奏摺合上，目光如炬的緊緊地盯著賈詡，問道：「這可是你的真實意願嗎？」

賈詡跪地道：「皇上明鑒，臣有悖於聖恩，犯下了大錯，已經沒有任何面目可以再繼續擔任樞密院太尉之首了，只求皇上能夠恩准，微臣感激不盡。」

高飛道：「既然如此，那就准你所奏，但是，削爵、辭官之事，朕不准，你爵位照舊，即日起，退出樞密院，降為情報部尚書，俸祿照舊。」

賈詡感激不盡，無話可說，只默默地道：「臣遵旨。」

眾大臣都不知道發生了什麼事，賈詡突然退出樞密院，讓大家都感到十分震驚，面面相覷。

高飛環視一圈，道：「從去年至今，我華夏軍先後滅漢、滅魏，將荊州部分、益州、涼州、秦州納入我華夏國的版圖，但是由於戰事緊張，許多有功之人一直沒有得到封賞，今日，朕就論功行賞。」

「吾皇萬歲萬歲萬萬歲！」眾多大臣一起跪聽聖旨。

皇宮大殿上，隨著高飛的話音一落，秘書處的秘書長陳琳便手捧著一份聖旨，當眾宣讀道：「聖諭！」

整個大殿中鴉雀無聲，所有的人都跪在那裡，洗耳恭聽。

陳琳當即宣讀聖旨，這是一道論功行賞的聖旨，所有在戰爭中有功的人都得到了封賞。除了這些，聖旨中還重新對官職的設立進行了一次增補，華夏國人才濟濟，五虎大將軍的職位已經無法滿足那麼多的人，於是高飛增設了大將軍的名額，改為十大將軍。

除了原有的五虎大將軍官位不變之外，又另外增設了五位大將軍，分別以馬超為鎮遠大將軍，張郃為威遠大將軍，徐晃為安遠大將軍，龐德為撫遠大將軍，魏延為靖遠大將軍。另外又封文聘、廖化為左右驃騎將軍，張任、張繡為左右車騎將軍，其餘如周倉、高森、安尼塔•派特里奇、郝昭、令狐邵、鄧翔、楊懷、吳毅、吳班等人盡皆得到了應有的封賞，又將宗預擢升為情報部的侍郎。

那些在戰爭中陣亡的將士，也都得到了應有的撫恤，在洛陽的廣場上設立英雄紀念碑，並且專門興建一個英烈祠，以供後人瞻仰。

在地方上，讓荀攸出任荊州的知州，讓郭嘉出任秦州的知州，又調蓋勳出任涼州的知州，樞密院的四個太尉，賈詡被降為情報部的尚書，荀攸、郭嘉、蓋勳又都外放，樞密院裡一個太尉都不剩，不免引來許多大臣的猜疑。

賈詡聽聞此聖旨後，倒是一點都不覺得突兀，荀攸、郭嘉、蓋勳雖然擅長軍事，但是對政事也頗為精通，又是高飛的親信，也是華夏國中的老紅人，對於震懾新近征服的三個州應該有極大的作用。

聖旨頒布後，高飛又讓陳琳頒布了新一輪的休養生息的政策，準備在秦州、涼州、荊州、益州四處大力的開發農業。

之後，調遣虎威大將軍趙雲、虎衛大將軍甘寧、威遠大將軍張郃趕赴東南沿海一帶，和鎮東將軍臧霸一起治理徐州，以防止吳國突然發動襲擊，又調安尼塔•派特里奇帶領旗下的兩萬飛衛軍開拔到敦煌一帶，協助靖遠大將軍魏延震懾西域諸國。

一連串的聖旨派發出去之後，華夏國正式進入休養生息的狀態中，在維持原有軍隊的基礎上，加大力度對農業的開發。

民以食為天，國以農為本，在這個文明和科技都欠發達的時候，沒有農藥、化肥，只能靠天吃飯，但是如果能夠好好的應用水利及土地資源，未必不能營造出一個龐大的農業帝國。

由於高飛的重點偏向了農業，以至於工業、商業方面的發展相對有些緩慢。

華夏國神州六年五月，高飛命令靖遠大將軍魏延帶領三萬大軍向西沿著絲綢之路前行，想再一次打通絲綢之路。

魏延雖然年輕，但是征伐西域，占領涼州西部，功不可沒，因而被封為靖遠大將軍。

魏延接到高飛的聖旨後，當即找來安尼塔・派特里奇商議。

魏延對西域的瞭解有限，當初高飛將安尼塔・派特里奇調到敦煌來，魏延還有些納悶，直到現在他才明白，高飛讓安尼塔・派特里奇到敦煌來，原來是為了幫助他打通絲綢之路。

「派特里奇將軍，西域各國雖然表面上臣服我華夏國，但是實際上還是保持自立狀態，我想問西域的西邊到底是什麼情況，如果我出兵三萬，能夠打通絲綢之路嗎？」

安尼塔・派特里奇緩緩地搖搖頭，說道：

「西邊很大，而且除了我們羅馬之外，還有兩個很強大的帝國，一個是位於伊朗高原上的安息帝國，另外一個是位於中亞亞細亞的貴霜帝國，尤其是貴霜帝國，其人好勇鬥狠，能征慣戰，光軍隊就有二十萬，當年我從羅馬一路趕來，路過安息時，安息王很是禮遇，可是經過貴霜時，貴霜王卻看上了我所攜帶的物品，直接下令搶奪，殺人奪物，還好我僥倖逃脫，才流落到這裡。

「如果要打通絲綢之路，就一定要滅掉貴霜帝國，只有將貴霜帝國的土地控制在自己的手裡，絲綢之路才能永遠暢通。安息帝國、羅馬帝國都是很友善好客的，所以可以不用去征戰，只要派出商隊，就可以獲得很好的禮遇，西方缺少東

方的物品，東方的國度很神秘，對於西方是一個極大的彌補。」

魏延聽後，皺起了眉頭，說道：「照你這麼說，**貴霜帝國才是我們華夏國的頭號敵人了？**只是他擁有二十萬的兵力，貿然進攻的話，不僅得不到好的結果，還會觸怒貴霜王啊。」

「恐怕是這樣的，所以，我建議大將軍給大皇帝陛下寫一封信，告訴大皇帝陛下，現在這種情況下，是不能夠向西發展的，等到有了足夠的實力，以五十萬大軍西征貴霜帝國，必然能夠將貴霜帝國一舉平滅。貴霜帝國與我有仇，我也希望一舉擊敗貴霜帝國，可是現在卻不是時候。不過，大將軍出兵三萬威懾西域各國還是可以的，諸如大宛、鄯善、烏孫等國，可以讓其保持對華夏國的向心力，對以後的商業會有很大的發展。」安尼塔·派特里奇給出了自己的建議。

魏延覺得安尼塔·派特里奇說得很是在理，便道：「好，那我們聯名上疏，給皇上寫奏摺，陳述實際情況，然後再發兵威懾一下西域各國即可。」

「大將軍英明。」

安尼塔·派特里奇在華夏國待的時間也夠久了，而且還受到高飛的禮遇，所得到的賞賜遠遠比在羅馬時要多。

他不知道自己有生之年會不會再回到羅馬，向自己的陛下述職，但是就此刻而言，他是華夏國的臣子，他就要為華夏國出力。

洛陽。

皇宮大殿上，高飛看了魏延和安尼塔・派特里奇的聯名奏摺以後，覺得兩人在奏摺中所陳述的十分在理，便決定將打通絲綢之路的想法暫時擱置，等到統一全國之後，再拿到檯面上來。

隨即，高飛親筆書寫了一封信札，讓情報部的人轉交給魏延和安尼塔・派特里奇。

這邊高飛剛剛忙完，那邊作為情報部尚書的賈詡便走了進來，手裡拿著一封急件，臉上也顯得有些慌張，一進大殿，立刻走到高飛的身邊，在高飛的耳邊耳語道：「皇上，從遼東發來的加急公函……」

高飛聽後，當即拆開來，匆匆流覽過後，不禁眉頭緊皺，將加急公函狠狠地丟在地上，大怒道：「公孫康是幹什麼吃的？」

賈詡見高飛動怒，急忙撿起那封信，看了後，也是有些意外，急忙道：「皇上，夫餘人一向溫順，對我華夏國又很具有向心力，一直臣服於我華夏國多年，夫餘王肯定不會如此糊塗，公然造反，率軍攻打鐵嶺，恐怕其中必有原因。」

高飛聽完賈詡的話，當即又將信拿來細細地看了一遍，道：「不管是什麼原因，夫餘王公然率眾反叛，就是對我華夏國的大不敬，即刻給公孫康傳令，讓公孫康、馬岱、于毒、鍾離牧率眾堅守，暫避其鋒芒，另外詔令樓班率領烏丸突騎五萬趕赴遼東，協助公孫康平叛，再令兵部尚書王文君親赴遼東坐鎮指揮，務必要一戰而平定叛亂。」

賈詡抱拳道：「臣遵旨。」

高飛見賈詡轉身要走，叫道：「等等！這裡有一封信，即刻派人送到徐州，務必要親自交給虎衛大將軍甘寧。」

「諾！」

一波未平一波又起，現在雖然進入休養生息狀態，但是許多方面都還需要穩定，只要西北、西南沒有什麼事，就是對高飛最大的安慰。

只是，夫餘王公然反叛，讓高飛感到很意外，沒想到一向溫順乖巧的夫餘王會有那麼大的膽子，竟敢來反叛自己，如果東夷各部紛紛響應的話，必然會成為華夏國的心腹大患，只怕到時候他只有御駕親征了。

第八章

以權謀私

「大王，莫科多智勇雙全，又曾經為我夫餘立下過功勞，臣以為，當以莫科多為大將軍，統帥全軍。」莫科謨說道。

「莫科多？他不是你的弟弟嗎？你這樣公然舉薦他，不怕本王說你以權謀私嗎？」尉仇台好奇道。

幽州，遼東。

夫餘人突然的襲擊，使得遼東臨近的各城紛紛遭到其害，首先是鐵嶺失陷，緊接著周邊的幾個縣城都被攻下。

夫餘人起大軍十萬，兵臨遼東城下，弄得華夏國的整個東北都震驚萬分。不過，好在東夷各部沒有參與此次叛亂，說白了，只是坐山觀虎鬥，一旦遼東被夫餘人攻下，只怕東夷各部也會紛紛效仿。

十一年前，高飛率軍征服了東北，使得東夷各部以及周邊的少數民族盡皆臣服，成為當時的東北王。高飛更是借助東北這一豐富的礦產資源，才得以一步步的問鼎天下。時隔十一年後，東北的問題依然能夠牽動整個華夏國的神經。

遼東城裡，公孫康、馬岱、于毒、鍾離牧聚集在一起，商議怎樣退敵。

馬岱首先說道：「叛軍勢大，我軍兵力較少，而且叛軍出其不意的進攻，致使我軍連連喪失數座城池，我以為，當堅守不戰，遼東城堅固異常，城中糧秣充足，只要等到援軍抵達，便可進行反攻。」

公孫康作為遼東府的知府以及安東將軍，成為遼東的實際首領，聽完馬岱的話後，決定道：「就這麼辦吧，現在請諸位將軍各自堅守不同的城門，等援軍到來吧。」

遼東城外。

十萬夫餘人全部聚集在北門，營寨綿延出好幾里，黑壓壓的都是人，一眼望去，竟然是如此的雄壯。

正中的大營裡，是夫餘王尉仇台的大營，尉仇台端坐在大帳中，召集所有的將領，正在商議如何攻下遼東城。

尉仇台體格健壯，勇力過人，尉仇台一直奉行和周邊人士和睦相處，又臣服於華夏國，許多年沒有經受過戰爭的夫餘人得以穩步發展。

他們以前常常受到高句麗的威脅，自從高飛率軍東伐高句麗一舉滅之後，夫餘人就更沒有了顧忌，加上又和華夏國來往密切，所以得以派出使臣去薊城學習漢人的治國之道。

派出的使臣陸續回來之後，尉仇台掌握了華夏國東北一帶少兵寡將的消息，並且在夫餘人內部進行了一次重大的改革，廢除舊制，沿襲華夏國的體制，同樣制定出三省六部制，以便自己掌控夫餘人。

除此之外，尉仇台還積極的改良兵器，大肆擴張軍備，向北征伐，消滅丁零人，占領了北部的大片土地。

後來尉仇台聽說華夏國正在西北、西南用兵，東北空虛，便急忙調集兵力，發全國十萬雄兵，出其不意的對華夏國發動攻擊，想借機占據遼東、遼西、東夷等大片土地。

尉仇台是個雄心大志的人，在夫餘人的心目中也頗有威望，他讀過史記，知道越王勾踐臥薪嚐膽的故事，所以表面上一直臣服於華夏國，記得那次對高句麗用兵，尉仇台就曾矚咐其弟呼仇台，不要與高句麗人接戰，保存實力，還讓呼仇台故意表現的懦弱一些，深深地迷惑了當時的高飛，以至於在高飛的眼裡，夫餘人一直是一頭溫順的羔羊。

這次尉仇台突然發動襲擊，並且接連攻下幾座城池，大軍如同席捲之勢，直逼到了遼東城下。

尉仇台知道，遼東城的堅固不能和其他城池相比，當年高飛起於遼東，遼東算是高飛的根基，而他此次便是要拔出這個眼中釘，將遼東據為己有後，便可設立關隘，阻撓華夏軍的援兵，那麼他就可以在遼東稱帝了。

「大將軍。」尉仇台喊道。

「大王。」呼仇台站了出來，一臉的猙獰之色，身材魁梧的他，披著一件連環鎧，看上去極有架勢。

尉仇台吩咐道：「一切按照原計劃進行，遼東受到包圍，華夏國必然會派出援軍，以本王推測，必然是華夏國的爪牙烏丸人，他們都是騎兵，速度會很快，這兩天先試著攻打一下遼東城，如果遼東防守太嚴密，就別再攻打，專心設下埋伏圈，只等華夏軍的援軍抵達，只要消滅了援軍，以遼東城內的三萬兵力根本不足以和我軍抗衡，到時候城內士氣崩潰，我軍再強攻不遲。」

「諾！」呼仇台重重地應道。

尉仇台環視了一圈在場的文武大臣，朗聲道：

「諸位都是我夫餘的傑出人才，此戰關乎我夫餘的存亡，如果不能在短時間內占領遼東，只怕就會引來華夏國的反攻，還有東夷的那幫崽子，他們都是見風使舵的人，現在是坐山觀虎鬥，一旦我軍成功攻占了遼東，他們必然會群起而反之。可是，如果我軍敗了，他們就會刀兵相向。你們記住，現在我們已經站在了風口浪尖之處，已經沒有退路了，只有勇往直前，不入虎穴焉得虎子，為了我們夫餘人的未來，大家共同努力吧！」

散會之後，尉仇台便做了精心的安排，十萬大軍開始分成四處，遼東城的東、南、西、北四個城門各自屯兵兩萬五千人，營寨就紮在城內外，堵著城門，不讓城內的士兵或者百姓出來。

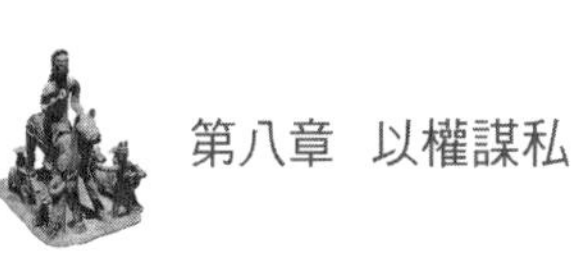

時值四月，山林裡，百鳥發出婉麗的啼聲，泥土混和著野草和樹葉的芳香。藍湛湛的天空沒有一絲雲彩。

夫餘人以狩獵為生，弓箭手是出名的強悍，他們的營寨緊靠著樹林，前面一半在平地上，後面一半則依附著茂密的樹林。

因為夫餘人沒有多少馬軍，在平地上步戰不強，一旦華夏軍採取馬軍突破，如果前軍抵擋不住，後軍便借助密林來抵擋華夏軍的馬軍，再以箭矢射之，這樣才不至於大敗。

遼東城的南城樓上，馬岱看到夫餘人的紮營方式，嘴角上露出了一絲笑容，淡淡地說道：「如果採取火攻的話，只怕夫餘人要死傷過半了……」

一想到這裡，馬岱立刻去找公孫康。

來到東門之後，公孫康正在城樓上眺望著城下，但見呼仇台率領大軍在城下耀武揚威的叫囂著，身後五百馬軍，三千步軍顯得威武雄壯，呼仇台手持一柄鋼叉，鋼叉上插著一顆人頭，地上有一具無頭屍體，穿的是華夏國的軍裝。

馬岱來到公孫康的身邊，抱拳道：「公孫將軍。」

公孫康見到馬岱來了，當下憂愁的臉上立即展開了笑容，拉著馬岱說道：

「馬將軍，你來得真是太好了，外面呼仇台叫囂不停，還斬殺我的一員大將，不知道你是否可以擊敗他？」

馬岱抱拳道：「這有何難，我去取下呼仇台的人頭便可，公孫將軍在此稍歇……」

誰知馬岱還未及動身，便見城門突然打開，一個身穿普通士兵軍裝的年輕人手中握著一桿長槍，騎著馬便從城中走了出去。

公孫康看後大怒道：「你是誰的部下，如此不守命令，竟然敢私自出城？」

城下那個騎兵轉過身子，朝著城樓上的公孫康、馬岱抱拳道：「啟稟將軍，在下甘小寧，死去的乃是我的將軍，我要為他報仇，還望將軍成全。」

「豈有此理，你的將軍都無法勝他，你去了也是送死，快給我回來！」公孫康勃然大怒，第一次遇到這個不聽話的士兵。

「我既然已經出來了，就抱著必死決心，不給將軍報仇，我甘小寧還有何面目立足於天地之間？將軍只管等我的好消息！」甘小寧一聲落下，雙腿一夾馬肚，便舉槍朝著呼仇台衝去。

呼仇台正沉浸在斬將立威的喜悅當中，見到身為普通士兵的甘小寧到來，絲毫沒把甘小寧放在眼裡，舉著那柄鋼叉便朝甘小寧刺去。

兩馬相交，但見呼仇台先出招，手中鋼叉一揮，便刺向甘小寧的要害，可是甘小寧不閃不避，橫衝直撞，手中的長槍也並未有任何行動。

公孫康看後，嘆氣地道：「又要白死一個人了，勇氣可嘉，可惜並非呼仇台敵手……」

馬岱的眼睛目光如炬，他是用槍的名家，看到甘小寧的舉動後，睜大了眼睛，嘴角露出笑容，耐人尋味地道：「那可未必……」

話音才剛剛落下，但見城外的甘小寧突然長槍抖動，槍尖如同靈蛇吐信，同時身子一墜，來了一個蹬裡藏身，槍尖避開了正面攻擊，從側面直呼仇台的心窩，一槍刺出，只聽一股刺耳的慘叫聲，呼仇台被甘小寧一槍刺死，整個人從馬背上墜落下來。

甘小寧的這一手讓公孫康大吃一驚，沒想到在自己的軍中還有如此人物，大讚道：「真將才也！」

馬岱面露微笑，看到甘小寧的英姿颯爽，彷彿看到自己在疆場上馳騁一樣。

甘小寧未等夫餘的其他人有所反應，立刻用槍挑著呼仇台的屍首撥馬便回。

「快打開城門，放小英雄進城！」公孫康見狀，大聲喊道。

這邊城門打開，甘小寧迅速的朝城門裡趕，那邊夫餘人才回過神來，爭先恐後的跟著甘小寧，想要去搶呼仇台的屍首。

「放箭！」

不等夫餘人趕到城門口，城樓上的箭矢便射了出來，強大的箭陣射死百餘名夫餘人後，其餘的夫餘人不敢靠近，只能向後退卻。

甘小寧進城後，將呼仇台的屍體朝地上一拋，臉上帶著欣慰之色，道：「將軍，我終於為你報仇了。」

公孫康、馬岱趕忙下了城樓，看到甘小寧後，極力稱讚不絕。甘小寧倒也不客氣，照單全收，爽朗地笑了起來。

「小英雄今日斬將立功，挫了夫餘人的威風，這呼仇台可是夫餘王尉仇台的親弟弟，殺了他，肯定會讓尉仇台氣得半死。你的將軍既然死了，那就由你接替他的職位，統領所部人馬。」公孫康道。

「多謝將軍！」甘小寧當即抱拳道。

公孫康又仔細的打量了一下甘小寧，忽然驚奇的發現甘小寧的相貌非常酷似一個人，那就是虎衛大將軍甘寧，當即詢問道：「你和虎衛大將軍可曾認識？」

甘小寧笑了笑，淡淡地說道：「實不相瞞，虎衛大將軍正是家父。」

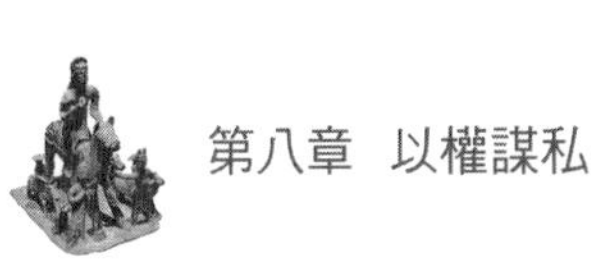

公孫康驚訝地道：「果然是虎父無犬子啊，今日我軍中又多了甘將軍，只要謀劃一下，或許就能夠退敵也未可知。」

馬岱笑道：「我有一策，可破夫餘人。」

公孫康急忙問道：「何策？」

馬岱道：「夫餘人背靠樹林為寨，如果採取火攻的話，我軍或許能夠以少勝多，不等援軍抵達，便可大敗夫餘人，雖然不至於全勝，但也可以給予夫餘人一個沉重的打擊。」

公孫康笑道：「此計甚妙。尉仇台依仗人多，欺負我們人少，此戰若勝，諸位將軍就等著升官吧。等援軍抵達後，我軍再乘勝追擊，一路奪回失地，殺到夫餘人老家去，徹底征服夫餘人。」

商議完畢，公孫康當即和馬岱互相計議，然後開始調兵遣將，以失去了主將的東門做為突破點，集中騎兵、步兵等優勢兵力，立刻向城外發動了攻擊。

甘小寧、馬岱為左右前鋒，各自率領五百騎兵朝著夫餘人衝殺過去，公孫康率領步兵緊隨其後。

呼仇台的死讓夫餘人亂了陣腳，失去了指揮的夫餘人登時亂作一團，前部抵擋不住甘小寧、馬岱的攻勢，紛紛向後撤退，迅速退出密林。之後，夫餘人借助樹林的掩護，開始射出箭矢。

夫餘人的箭法精準，箭頭上還塗抹了毒藥，傷者即死，一時間馬岱、甘小寧無法向前，只好向後退卻。

這時，公孫康率領的步兵抵達，以盾牌擋在前面，步步向樹林靠近，將夫餘人的箭矢盡皆擋在盾牌之外。

公孫康步步為營，逐漸逼近樹林，夫餘人見無可奈何，又怕被華夏軍靠得太近，再次朝密林深處退去。

在距離樹林還有二十幾步的時候，公孫康便大聲叫道：「放火！」

一直憋著一股勁的華夏軍將士此時紛紛射出了點燃的弩箭，樹林中多是易燃的植物，一經接觸了火苗，不一會兒便開始燃燒起來。火勢一起，逐漸向四周蔓延，不一會兒便滋生出一條條炙熱的火龍。

火勢雖然起來了，但是沒有想像中蔓延的那麼迅速，可還是使得夫餘人慌亂的撤退。

馬岱、公孫康見目的達到了，便撤軍回城，雖然只有一點火勢，但是這片樹林接連遼東城外三處城門，一旦完全焚燒起來，夫餘人就不得不盡數撤到一起了。

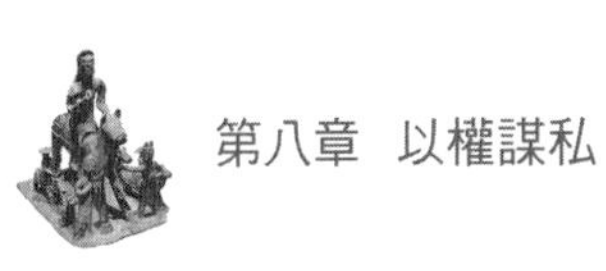

尉仇台還在中軍大帳裡，剛剛接到自己的親弟弟呼仇台被華夏軍所斬殺的消息，接著便看到東方升起滾滾的濃煙，疑道：「東門那裡發生了什麼事情？」

「大王，著火了，東門外的我軍營寨還沒紮穩便著火了，大將軍的部下紛紛被華夏軍逼退，火勢也開始向四周蔓延，越來越大，只怕有蔓延到其他兩門的危險。」

尉仇台聽後，怒道：「這個呼仇台，成事不足敗事有餘，明明吩咐過不要輕易攻打遼東城，就是不聽。你們迅速傳令下去，將那東、南、北三門的兵力全部撤到西門這裡來，這裡是華夏軍東西走向的必經之路，只要堵在這裡，便可切斷遼東和西邊的聯繫，及時有援軍來，我軍也足以應付。」

「諾！」

尉仇台的命令傳達下去之後，所有的夫餘人全部撤到了西門，前後紮營，綿延出好幾里。尉仇台更是以巨石當塞其道，配以大量弓箭手守護，自己則親赴後軍，觀察地形，暗中設下埋伏，任由樹林怎麼被大火燒，他都不再出戰。

遼東城的城樓上，馬岱看到這樣一幕後，不禁皺起了眉頭，對公孫康說道：「原以為夫餘人會知難而退，哪想到夫餘人竟然用重兵堵住了我軍通向遼西的必經之路，這樣一來，火攻之計就完全落空了。」

「我久居遼東，尉仇台為人精明，善學，是個不可多得的將才，他知道硬碰硬肯定會吃虧，所以不肯發動攻擊。今早呼仇台被我一番言語激怒，這才與其交戰，算是我軍小勝一場，但是大敵當前，如何退這十萬之敵，確實是個難題。馬將軍，你可還有什麼計策嗎？」公孫康言辭懇切的說道。

馬岱搖搖頭道：「我自幼舞槍弄棒，讓我衝鋒陷陣還行，而且這次也是我第一次參加真正的戰爭，我的歷練還少，不及公孫將軍，如今火攻不成，我一時也難以想出什麼妙計。」

公孫康笑道：「馬將軍過謙了，我不過是癡長馬將軍幾歲，但是這裡是皇上龍興之地，遼東可以說是皇上的龍脈，一旦被外夷所侵占，必然會有損我華夏國威。皇上當年任遼東太守時，依靠遼東一步一個腳印的向外擴張，逐漸才有了今天的豐功偉業，我們必須要堅守好這裡，不能給予外夷任何可乘之機。

「這次一向對我華夏國恭順的夫餘王公然反叛，實在是令人太過意外。如果尉仇台一直堅守不戰，我軍也不必出兵，只這麼耗著，一旦夫餘人糧食吃完了，自然就會退去，如果不退，等到援軍一來，我們便前後夾擊，必然能夠擊敗尉仇台。」

馬岱道：「將軍所言甚是。」

遼東城外是一片大火，不論是夫餘人還是華夏人，都對這場大火視而不見，任由其逐漸蔓延。但是火勢所發出的滾滾濃煙，被風吹到了遼東城內，卻嗆得人難受，城中百姓怨聲載道，於是，公孫康不得不派出軍兵去撲滅這場尚未釀成太大惡果的火勢。

火勢太大，派出的人也太少，以至於根本撲滅不了，萬幸的是，當天烏雲密布，不一會兒便下起了大雨。

森林大火被及時的雨水澆滅，華夏國的軍兵盡數退入了城中，被燒毀的樹林只留下一地的焦黑。

尉仇台也不再分兵了，繼續留在那裡，前軍以巨石當道，設立重重障礙，以防止華夏軍從城中發動襲擊，後軍則繼續布置陷阱，並且派出兩萬弓箭手隱藏在道路兩旁的樹林裡。

夫餘人都是獵人出身，打獵時所設置的陷阱、以及撲捉獵物所需要的隱藏，都在此時發揮了出來，乍看上去，此地什麼都沒有，實際上，在這條必經之路上卻是陷阱重重，人數高達六萬人。

夫餘人自認為武器、盔甲等物不及華夏國的鋒利和堅固，而且打仗也不如華夏國那麼擅於衝鋒，所以揚長避短，不和華夏國正面交戰，而是設下圈套，引華夏軍的援軍進入圈套，之後再用夫餘人人人都會用的武器弓箭射殺之。

不可否認，尉仇台確實是個人才，是一個傑出的領袖，從十一年前高飛在遼東東征西討開始，他就感到了極大的威脅，所以隱藏自己的實力，表面上對高飛做出恭順、謙卑、友好的一面，實際上卻一直在暗中發展。

夫餘人本來很少，昔日最多時也不過四十萬左右，但是經過尉仇台的一連串措施，使夫餘人達到六十萬之眾，並且訓練弓箭手、騎兵，甘心給高飛當牧畜基地，牧養牛、羊、馬、騾子等牲畜，將牧養的牲畜再賣給華夏國，賺取一點微薄的錢。

正是如此，夫餘人才得以靠這些錢財擴軍，並且徵召士兵，訓練軍隊。

「丞相。」

尉仇台站在一個山坡上，對身後一個穿著華夏國文人服飾的人說道：「派出斥候，去打探一下華夏國的援軍幾時抵達。」

被喚作丞相的也是一個夫餘人，叫莫科謨。不過他在華夏國生活了足足有八年之久，直到今年年初才回到夫餘，正是因為他的回來，所帶回來的消息，才讓尉仇台看到了機會，強制改革，沿用華夏國所採行的三省六部制，設立丞相、大將軍等文武官職。

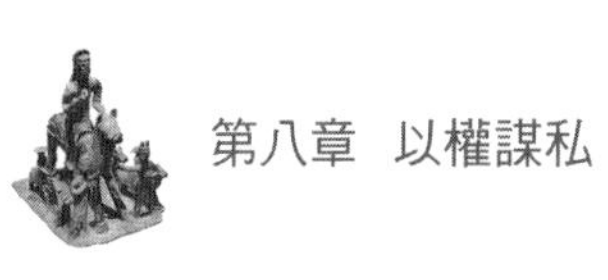

莫科謨聽後，當即抱拳道：「大王，此事臣早已經派人去辦了，大王不必操心，一旦有消息，斥候就會立刻回來稟告。只是，大將軍身亡，全軍不能沒有統帥，還需再扶持一個才行。」

尉仇台點點頭，道：「呼仇台性子太過魯莽，若非是我的弟弟，又怎麼能擔此大任？丞相，你心中可有什麼人選嗎？」

「大王，莫科多智勇雙全，又曾經為我夫餘立下過功勞，臣以為，當以莫科多為大將軍，統帥全軍。」莫科謨說道。

「莫科多？他不是你的弟弟嗎？你這樣公然舉薦他，不怕本王說你以權謀私嗎？」尉仇台好奇道。

「呵呵，大王的眼睛是雪亮的，以大王的聰慧，即使莫科多擔任了大將軍，也不過是大王手中的一枚棋子而已。至於以權謀私嗎，大王若覺得我莫科家的人擔任要職太多，我甘願辭去丞相之位。」莫科謨道。

尉仇台笑道：「你的為人本王清楚，莫科多確實是一個將才，出任大將軍也是情理之中的事情。當年本王派遣二百人到高飛那裡學習漢人的治國策略，卻只有你一人學成，這就足以說明你的才學。以後辭官之事，就不要掛在嘴邊了，只要是有才能的人，本王都會委以重任的。」

莫科謨拜服道：「大王英明。臣恭祝大王早日奪下遼東，在遼東改元稱帝，只要占據了遼東，就等於毀了華夏國的龍脈，這龍興之地，也必然會讓大王一統天下。」

「哈哈哈……承你吉言。」尉仇台爽朗地笑了。

夫餘人一直在遼東城外按兵不動，兩天來，公孫康、馬岱也試圖去攻擊過幾次，均無果而還，最後，兩軍形成對峙階段，公孫康、馬岱也看不透尉仇台的意圖，就姑且也按兵不動，靜候援軍。

三日後，樓班率領五萬烏丸騎兵抵達遼東地界，夫餘人的斥候立刻去通報尉仇台。

尉仇台得知之後，喜出望外，當即調兵遣將，讓莫科多跟隨自己出征，莫科謨緊守大營，以防止遼東城內有什麼蠢動。

尉仇台將九萬八千多將士分成兩撥，自己親率七萬八千人伏擊樓班，留下兩萬人給莫科謨守營。

遼東城西五十里處，滾雷般的馬蹄聲響徹天地，樓班接替了去世的父親丘力居的權位，成為烏丸人的大單于，在接到高飛的聖旨後，當即點齊烏丸五萬精銳的突騎兵趕赴遼東，一路上馬不停蹄的，從昌黎郡奔馳而來。

樓班穿著華貴的衣服，一路上顛簸而來，倒是讓他有些不適應了。

烏丸人是馬上的民族，但是樓班卻是個例外，與其父、其兄都不太一樣，從小身體就很虛弱，丘力居投靠高飛後，樓班便一直被養在高飛的身邊，並且接受漢學，所學的都是漢人的詩書禮儀，看上去十分的儒雅。

而經過許多年的融合，烏丸人也逐漸融入了漢人，被漢人所同化，已經不再是當年的烏桓了，多了一些漢人的禮儀，卻少了一些烏桓的野蠻，加上整個東北近十年沒有再起過刀兵，除了一些必要的軍隊進行演練外，其餘的烏丸人都紛紛男耕女織，與漢人無異。

「停止前進！」

大軍正急速的行進之中，突然樓班高呼一聲，命令接龍式的傳到後面，人馬一起停留在原地。

「大單于，為什麼停下了？」難樓從後面拍馬而來，來到樓班的面前，狐疑地問道。

「我軍急速奔馳了一個晝夜，人困馬乏，如果敵人探明消息，暗中伏擊我們，到時候就會損兵折將。遼東城池堅固，城中足有三萬兵馬，加上糧秣充足，只要堅守不戰，抵擋十萬夫餘人不成問題。這裡離遼東已經不遠了，前面有一條狹窄的道路，兩邊的山坡雖然不高，但卻極易埋下伏兵。為了以防萬一，我軍就暫時抵達此地，臨時紮下營寨，休息一夜，養精蓄銳後，明日再向前行進。」樓班謹慎地說道。

難樓已經四十多歲了，是烏丸中元老級的人物，和丘力居是平輩，當年在三郡烏桓中勢力也還算不錯，現在聽到樓班如此說話，仔細的想了一會兒，覺得也在理，便道：「那好，那就依照大單于所言，我這就命部下原地休息，臨時紮下營寨。」

樓班點點頭道：「有勞叔父了！」

難樓擺手道：「舉手之勞而已，倒是大單于深得漢人才學的精髓，這樣謹慎也是應該的，以後烏丸人就靠大單于了。」

說完，難樓調轉馬頭，便朝後面趕去。

當初高飛冊封樓班為烏丸的大單于時，難樓等一些老傢伙仗著武力對樓班都不服從，可是樓班也不以為然，就用從漢人那裡學來的政治手腕，一點一點慢慢的分化了烏丸人，並且使得他們都支持自己，這才讓他的大單于位置坐得如此穩固。

樓班看到難樓離去的身影，暗暗地道：「只要我在位一天，烏丸人就永遠會成為華夏國一個不可或缺的民族，你們都等著吧，烏丸人一定會在我的手中發揚光大的……」

當夜，五萬烏丸人就地紮營，不再向前行進，營寨雖然簡陋，但是防守卻很嚴密，樓班曾經和司馬懿為友，兩個人互相學習，樓班更是從司馬懿的身上學來了不少的東西，知道行軍布陣的妙處，並且拜管寧、邴原為師，算是一個將帥之才。

可惜的是，樓班從未打過仗，一直被高飛養在薊城，留作為烏丸人的內定大單于，這次是樓班第一次出征，所以樓班顯得很謹慎，想借平叛之名，讓消失多年的烏丸突騎重現於天下。

樓班當大單于也差不多五年了，五年中為了讓烏丸人成為華夏國不可或缺的一部分，他的貢獻非常大，鼓勵族人牧養上等的戰馬，使得昌黎、遼西、雲州等地成為最為著名的牧馬基地，並且用優良的馬匹來配種，經過無數次的反覆試驗，終於讓烏丸馬成為華夏國最為精良的戰馬，並且也是華夏軍所用的戰馬中最多的一種馬。

烏丸馬的體型並不算太高大，但是卻具有很強的生命力，以及超大的負荷力，正因為如此，華夏國的鐵浮屠才得以維持下去，就算奔跑起來，只略遜於千里馬，卻比一般的馬要更加的優秀。

由此，樓班被高飛戲稱為「馬王」。雖然是個戲稱，但是這個「馬王」卻來之不易，而烏丸人和漢人的進一步交流，也更加的促進了民族間的融合。

現在的烏丸人，並不單一活動在昌黎一個地方，整個塞外草原都可以馳騁，高飛也有意讓烏丸人為自己守禦北疆，所以在對外戰爭時期，北方的兵力遺留的相對較少。

入夜後，樓班褪去了自己的衣衫，穿著一身便裝，手捧「孫子兵法」，挑燈夜讀，讀得如此的津津有味。

不一會兒，便有親衛走了進來，向樓班施禮道：「大單于，巡邏軍在巡邏時發現了一名夫餘人的斥候，現在已經抓了過來，交由大單于發落。」

樓班放下手中的書，緩緩地道：「哦？那帶上來吧！」

話音一落，親衛便從帳外推進來一名斥候，強行將那名斥候按跪在地上。

樓班走到那名斥候的面前，打量一眼，道：「是不是尉仇台派你來打探我的行蹤？」

那名斥候冷哼一聲，什麼都沒說。

「嗯，有點骨氣，你既然不說，那我就成全你好了。來人啊，推出去斬了。」樓班朗聲道。

那名斥候還是什麼都沒說，臉上更沒有一絲害怕的表情，目光中更是犀利無比，任由親衛將他自己推出了帳外。

不多時，樓班便聽到手起刀落時的聲音，帳外的士兵則將那名斥候的人頭獻了來，樓班瞄了一眼後，便道：「傳令下去，全軍加強防範，巡邏隊伍要比平時多一倍，再抓到斥候，格殺勿論，不必來報告我。」

「諾！」

「派出去的斥候回來了嗎？」

尉仇台急得像是熱鍋上的螞蟻，在黑暗的樹林裡踱來踱去，周圍一個個黑影都是他的部下。整個樹林靜悄悄的，除了尉仇台本人外，別的沒有一點聲音。

「啟稟大王，暫時還沒。」親兵回答道。

尉仇台狐疑地道：「不會是出什麼意外了吧？」

不多時，一個斥候便回來了，臉上帶著驚恐，喊道：「大王，不好了，派出的十個斥候全部被華夏軍殺死了，華夏軍的營寨守衛很嚴密，我軍根本無法進去。」

「什麼華夏軍，不過是高飛養的一條狗而已。烏丸人甘願為漢人賣命，殘害鮮卑人，現在又來對付我們夫餘人，這一次我定然要讓他們有來無回！既然無法瞭解烏丸人的內部情況就算了，讓他們都撤回來吧，別做無畏的犧牲。」尉仇台道。

「是，大王。」

這時，莫科多從一旁走了進來，對尉仇台抱拳道：「大王，我們今夜還出兵嗎？」

「不了，暫時不要出兵了，我們在此地靜候他們，明天他們一來，一定會中埋伏的，傳令下去，讓大家都再緊守一天。明天這時候，任何人都不允許出現一點差錯。」

「是，大王。」莫科多轉身出去，將尉仇台的命令下達出去了。

此時此刻，徐州，江都，海軍大營。

「大將軍！末將有事求見！」

甘寧正在船艦上視察自己的海軍，忽然聽到臧霸在岸上大喊，便急忙問道：

「臧將軍，請稍候，我這就下來……」

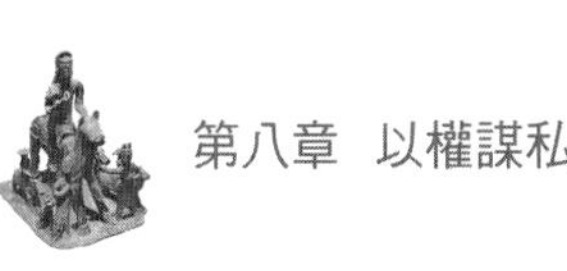

臧霸一身盔甲的站在岸上，看著甘寧從戰艦上乘著一隻輕舟朝岸邊駛來，便抱拳道：「末將拜見大將軍！」

靠岸後，甘寧從輕舟上跳了下來，看了一眼臧霸，便問道：「臧將軍，你找我有事？」

臧霸點了點頭，當即從懷中掏出一封密信，遞到甘寧的面前，說道：「這是皇上親筆寫的密信，被斥候帶來交給大將軍的，可是斥候去大將軍的府邸沒見到大將軍，只好送到我那裡去了。大將軍，請過目。」

甘寧當即將信拆開，匆匆流覽後，哈哈大笑了起來，一個勁地拍手道：「太好了，實在是太好了，我苦苦經營海軍，為的就是這一天啊……」

臧霸見甘寧如此高興，便問道：「大將軍，何事如此歡喜？」

甘寧笑道：「天機不可洩露，到時候臧將軍自然會知道。臧將軍，還請你撥付給我半年的糧草，我的海軍近日就要出海遠行了……」

東方露出魚肚白時，五萬烏丸人便已經開始整裝待發了，一夜無事的烏丸人得到了充分的休息，彌補了連日來的奔波。

樓班派出前部一千輕騎，讓一名千夫長率領著隊伍先行離開，過半個時辰後，這才率領大軍緩緩向前進，越往前走，樓班越是謹慎。

當抵達三十里鋪時，樓班便讓軍隊全部停止前進，靜靜等待著先行派出去的一千騎兵的訊息回報，然後再做決定是否要繼續前行。

難樓見樓班行事謹慎，笑道：「大單于，你未免也太過小心了吧？」

「我率軍五萬，不可因小失大，這支軍隊所肩負的並不是救援遼東那麼簡單，如何在救援遼東之後，肩負起殲滅叛軍，平定夫餘的重任，這才是我們要做的。不然你以為皇上留我們在北疆屯駐是為了什麼？烏丸人是華夏國的一部分，我定要讓烏丸人成為華夏國中不可或缺的一部分，讓皇上看看，我們烏丸人是可以替皇上守禦北疆的。」樓班壯志凌雲地說道。

難樓道：「大單于說得極是，老朽未免太過輕率了。」

「無妨，老將軍也是為了早日平叛嘛。不過，這個時候已經抵達遼東城了，夫餘叛軍十萬在我們抵達這裡時，不應該沒有什麼行動。可是，夫餘人確實沒有一點動靜，那就只能說明一點，那就是夫餘人早已做好了準備，或者在半路伏擊，所以，我們必須謹慎而行，一旦中計，那就一發不可收拾了。」

難樓道：「大單于所言甚是。」

大軍原地休息，靜候所派出去的千人騎隊的消息。大約過了一刻鐘，但見前

方煙塵滾滾，馬嘶蹄響，一個千人騎隊便浩浩蕩蕩的奔了回來。

領頭的人便是那位千夫長，一來到樓班的面前，便立刻勒住了馬匹，從馬背上直接跳了下來，跪在地上回報道：「啟稟大單于，夫餘人在前方十八里河紮有營寨，據我們這裡不足十里，沿途所過之處，末將都細細勘察了一遍，從未見到任何可疑動向。」

樓班聽後，不太相信的道：「可曾勘察仔細？」

「末將勘察的十分仔細，按照大單于的吩咐，末將縱馬到兩邊山坡上、樹林中和小河裡，均未發現任何可疑之處。」千夫長答道。

樓班道：「奇怪了，夫餘人難道真的沒有設下埋伏？我再問你，敵軍營寨如何？」

「前後綿延數里，巨石堵塞要道，夫餘人則當道下寨，寨中守衛森嚴，密不透風，五步一崗十步一哨。」

「居然防守的如此嚴密！叛軍糧草屯在何處？」

「就在十八里河的一座小山丘上，四周都是夫餘人，看上去守衛是最森嚴的一個，打的是莫科多的旗號。」千夫長回報道。

「莫科多是誰？」難樓急忙問道。

「是夫餘王尉仇台新封的大將軍，聽說勇力過人，是夫餘第一勇士。」

千夫長的話音剛落，難樓便不服氣地說道：「哼！什麼第一勇士，放在我們烏丸人的眼裡，還指不定是什麼樣的狗熊呢。大單于，有道是三軍未動糧草先行，夫餘人遠道而來，攜帶的糧食必然是重中之重，老朽願意請命，帶領一萬騎兵前去攻打夫餘人的糧草大營，只要斷了夫餘人的糧草，就能夠讓夫餘人不戰自退。」

樓班聽後，搖搖頭道：「糧草乃重中之重，一般人行軍打仗都是將糧草藏在沒人看見的地方。而夫餘人卻將糧草大營如此暴露在我們的眼皮子底下，就說明這是一個詭計。傳令下去，所有人都跟我走，去正面攻打夫餘人的營寨。」

「大單于，正面攻打夫餘人的營寨？」難樓狐疑地道。

樓班嘴角揚起笑容，說道：「不必太驚訝，我料尉仇台必然會被我重創。」

話音一落，樓班便立刻招呼所有人一起向前衝去，朝著位於十八里河的夫餘人所紮下的營寨而去。

樓班更是瘋狂般的快馬加鞭，帶著人迅速衝了過去。

及至抵達十八里河時，樓班便遠遠望見前面的道路被夫餘人給阻斷了，一座大營赫然出現在眼前，而在那座大營的邊上，還有一座並不亞於前方大營的營寨，旌旗飄揚，人影晃動，看上去守衛極為森嚴。

「果然如此……」樓班看到這些之後，笑得更開心了，催促著自己的部下開始攻打正前方的那座大營。

夫餘人見到烏丸人突然驟至，本來還有點喜出望外，因為等了那麼久終於將烏丸人等到了。但是當烏丸人直奔正前方的大營時，作為夫餘王的尉仇台忽然心頭一震，不禁皺起了眉頭。

「大王，烏丸人去攻打正前方了，怎麼辦？」莫科多看到烏丸人的動向，立刻問道。

尉仇台抬起手，厲聲道：「本王長眼睛了，這必然是烏丸人的佯攻，不必理會。烏丸人的重點肯定是放在我軍的糧草上了，不一會兒便會轉變方向前來攻打這裡的。吩咐下去，所有人按照原計劃行事，任何人沒有我的命令都不得亂動，違令者斬！」

莫科多道：「是！大王。」

尉仇台在昨夜得到烏丸人的消息後，立刻撤去了所有的埋伏，又重新制定了一個計策，準備以糧草誘敵，然後再予以伏擊。

這是一個很不錯的計策，但是尉仇台還是有些擔心，因為他看到樓班、難樓率領的烏丸人全部朝著正前方的大營撲了過去，還沒有進入夫餘人的射程範圍，便立刻分成了左右兩撥，繞過堵在前面的道路，從左右的山坡上斜插了過去。

「大王，烏丸人好像不是佯攻啊……」莫科多發現情況不妙，急忙說道。

尉仇台道：「閉嘴，再等待一會兒，一定是佯攻，本王不會估算錯的……」

烏丸人分成了兩撥，迅速的斜插了過去，正前方的大營外強中乾，守衛雖然不停的射箭，但是卻無法抵擋烏丸的大軍，剛射出一撥箭矢，便立刻開始向後撤退，被烏丸人逼近之後，便是一陣哭喊。

「大王，出兵吧，烏丸人是正面攻擊，如果被烏丸人突破大營，那我們所做的一切就都白費了！」莫科多看後，急得像是熱鍋上的螞蟻道。

「不可能的，本王的計策舉世無雙，不可能失策的，一定是烏丸人的佯攻，一定是……」

尉仇台始終不相信烏丸人會放著自己暴露出來的糧草大營不攻打，卻正面攻打前方的大營。

山坡下面，烏丸人已經突破了夫餘人的第一層防禦，夫餘人大多都是獵人出身，不善於近戰，被烏丸人逼近之後，都沒命似的向後退，一時間亂了陣腳，被烏丸人殺得哭爹喊娘。

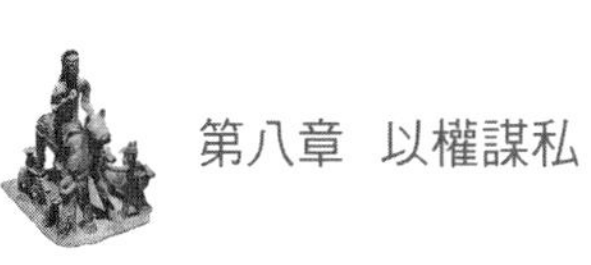

「大王，出兵吧，再不出兵，真的就來不及了，眼看就要一敗塗地了。」莫科多跪在地上大聲地祈求道。

尉仇台再仔細看了看下面的烏丸人，見烏丸人的鐵蹄正在無情的踐踏著自己的族人，沒有一點來攻打糧草大營的動向，當即說道：「全軍出擊，務必要消滅這些烏丸人！」

莫科多聽到之後，立刻站了起來，拔刀而出，翻身上馬，長刀向前一揮，大聲喊道：「衝啊！」

一時間，埋伏在糧草大營周圍的夫餘人盡皆而起，呼啦一聲，本來還是空無一物的曠野忽然出現了數萬夫餘人，聲勢浩大，人數眾多，全部跟著莫科多朝著烏丸人那邊衝了過去。

樓班率軍殺散了夫餘人，忽然聽到側後方喊殺聲四起，當即扭頭看了過去，但見漫山遍野的都是夫餘人，莫科多更是一馬當先的衝了過來，暗暗地道：「果然不出我之所料……」

「所有將士準備，按照原計劃進行，撤退！」樓班扯開嗓子大喊道。

樓班話音剛落，號角聲便響了起來，不管烏丸人身在何處，一聽到這聲號角傳出的聲音，便立刻向後撤退。

烏丸人都是騎兵，來去匆匆，撤退的速度也很迅速，不等夫餘人殺來，烏丸人便全部退到了外面的曠野上，之後排成一個衝鋒隊形，稍微整理了一下隊形後，便聽到衝鋒的號角。

第九章

大將軍王

高麟雖然只有十四歲，但是武力勇冠三軍，方天畫戟更是使得出神入化，頗有當年漢末呂布之雄姿。每逢征戰總是衝鋒在前，憑藉戰功一次次榮升，使太史慈這些老將都為之震動，高飛因為高麟的功勞，便封高麟為大將軍王。

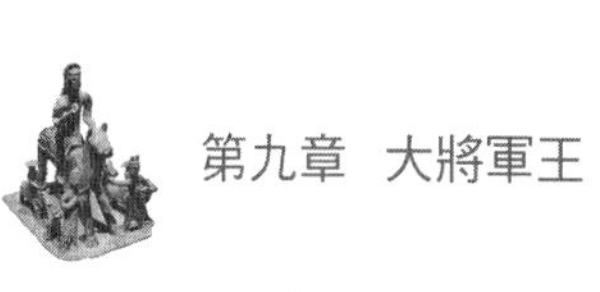

難樓揮舞著馬刀，帶領著自己的部下作為前鋒，迅速的朝著莫科多那邊衝了過去。樓班則將騎兵分成了三部分，左、右各一萬人，自己率領兩萬人待難樓和莫科多交鋒之後，這才向前衝去。

失去了伏擊優勢的夫餘人紛紛用弓箭射殺烏丸人，一時間，數萬支箭矢全部朝烏丸人射了過去。烏丸人不但沒有絲毫退卻，反而愈戰愈勇，不管前面兵鋒有多少，都毫無畏懼的向前衝去。

烏丸人在遠處用弓，近戰用刀，雖然人數少於夫餘人，但是戰鬥力卻很強，烏桓突騎曾經名聞天下，並非浪得虛名。所以，一經交鋒，夫餘人便是損失慘重。

尉仇台看到烏丸人兵鋒正盛，自己雖然有數萬之眾，但是在面對烏丸突騎時，卻顯得不堪一擊，無奈之下，只好下令道：

「傳令下去，全軍撤退，後撤五里！」

夫餘人和烏丸人的第一次正面交鋒，以夫餘人敗退告終，樓班並沒有下令乘勝追擊，因為他看到夫餘人雖然敗退，但是撤退時卻很有規律，如果不是深諳兵法的人，不會有如此整齊的撤退方式。

夫餘人退卻之後，樓班指揮烏丸人收拾戰場，殮葬這場戰爭所死去的人，並且派出斥候，繞過夫餘人的營寨，去給遼東城裡的安東將軍公孫康報信。另一方面，他則讓部下就地占領了夫餘人原先紮下的營寨，在此地好生休息。

尉仇台敗下陣來，撤軍回營後也是一陣惱羞成怒，如果今日不是莫科多一直在提醒著他，估計今日他會敗得很慘。

「看來，烏丸人並沒有本王想像的那麼簡單，沒想到烏丸突騎雄風仍在。我聽說樓班只是個柔弱的書生，與其父丘力居和其兄蹋頓大相徑庭，沒想到卻深諳兵法，能夠識破我的誘敵之策。華夏之地藏龍臥虎，難道我夫餘人註定就要成為華夏國的附屬國嗎？」尉仇台脫去了盔甲，將頭盔摔在地上，恨恨地道。

丞相莫科謨聽後，便走到尉仇台的身邊進言道：「大王，臣以為華夏國並沒有我們想像的那麼容易對付，即使我軍能夠迅速占領遼東，可是我們公然反叛華夏國必然會遭到高飛的嫉恨，這樣一來，我夫餘人將會連年遭受華夏國的攻擊，試問以我彈丸小國之力，又如何能夠抵擋得住華夏國的大軍呢？」

尉仇台嘆氣道：「都怪本王聽信了呼仇台的讒言，當日被蒙蔽了雙眼，本王苦苦訓練的士兵，沒想到今日會如此的不堪一擊……可是我們既然已經公然反叛了，高飛也未必能夠放過我們……」

「臣聽聞皇上差遣兵部尚書王文君前來遼東督戰，負責整個征討夫餘的事

宜，王文君曾在東夷為官，是以前鎮東將軍、東夷校尉胡彧的部下，此人善於治理邊郡，對外夷也有招撫之心，如果我們能夠率軍在王尚書面前投降，表示歉意的話，或許我們夫餘人還不至於會面對滅頂之災。」莫科謨道。

「大哥未免太長他人志氣滅自己威風了，此一時彼一時，華夏國在遼東兵力薄弱，如今我們已經是離弦之箭，覆水難收，不如痛痛快快的鬧他一鬧，大不了兩敗俱傷嘛！」莫科多聽後，不服氣地說道。

尉仇台聽到莫科兩兄弟意見不合，只是輕輕地擺擺手，他是一個很敏銳的領導者，他的大局觀遠遠比莫科兩兄弟更強，當即說道：「現在投降的話，我們什麼好處都得不到，而且還會被華夏國相要脅，說不定會失去更多……」

「那大王的意思是……」莫科謨問道。

莫科多道：「那還用說，當然是戰鬥到底了！」

尉仇台搖頭道：「不，先戰後降，只要我們在兵部尚書王文君抵達遼東前先勝華夏軍一場，在王文君抵達遼東時再率眾投降，那麼我們才不至於失去太多。」

「可是，華夏軍戰力很強，遼東城中有三萬人，現在又來了五萬烏丸人，我軍損失一千多人，兵力有限，更何況他們善於近戰，我們卻不善於，如何能勝？

臣以為，只要能夠堅守到王文君來，向王文君投降即可。」莫科謨道。

尉仇台想了很久，覺得莫科謨說得也有道理，自己在有十萬之兵的時候未能加以攻打遼東城，現在華夏國有八萬了，他在兵力上已經占不了多少優勢了，於是道：「那就兵撤二十里，等兵部尚書到達後，我軍便再次投降華夏國，希望華夏國能夠既往不咎。」

商議完，夫餘人當即便拔營起寨，為防止夜長夢多，向後撤出二十里。

樓班得知後，便帶著援軍進駐了遼東城，和公孫康合兵一處。

此後的七天時間內，夫餘人一直按兵不動，華夏軍多次前去挑釁，均未得到應有的效果。

四月十六日。

兵部尚書王文君抵達遼東，知道夫餘人一直按兵不動時，只是笑了笑，對眾人說道：「明日夫餘王必然會派人前來投降……」

眾人不信，還要再追問，王文君以自己遠道而來為由，拒絕接見任何人。

到了第二天，夫餘王尉仇台果然帶著文武群臣前來投降。

王文君起初拒絕接受投降，並且要求要和夫餘王一決高下。越是這樣，尉仇

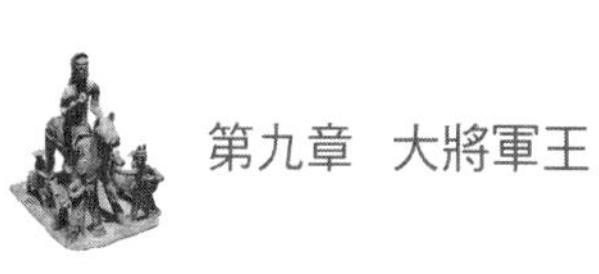

台越感到心中不安，生怕自己做錯的事會連累到整個夫餘。

最後經過三天的討價還價，王文君以夫餘人內附華夏國為由，接受了夫餘人的投降，並且要求尉仇台、莫科謨、莫科多等夫餘重要官員隨同他一起趕赴洛陽向皇上請罪。

這個要求雖然苛刻，但是尉仇台還是咬牙答應了下來，遣散自己的軍隊回去，只帶了親隨二百人和文武大臣與王文君一同回京。馬岱、甘小寧、樓班率軍護送，一路上風塵僕僕的，向著帝都洛陽進發。

遼東叛亂，就這樣無疾而終，公孫康率軍收復失地，並且陳兵在夫餘境內，以防止夫餘的再次反叛。

江都港。

港口大大小小的船隻往來不絕，但是在江中有一支船隊卻迎風飄揚，整整齊齊的向出海口而去，上面懸掛著的是甘寧的大纛，這支軍隊，便是整個華夏國獨一無二的海軍。

五萬將士在岸邊裝上了大量糧食後，便跟隨著甘寧浩浩蕩蕩的出海了，但是對於所要去的目的地，大家的心裡都還是疑惑不解。

「大將軍，我們這次出海，到底是要去什麼地方啊？」

鄧翔逐漸在軍中展露頭角，風頭蓋過了郝昭、令狐卲等人，成為甘寧帳下第一勇將，當時斬殺曹德的功勞，讓他一下子從海軍陸戰隊前鋒營的校尉升為將軍，首度打破了甘寧帳下五校尉的平衡。

甘寧正在拿著望遠鏡眺望海上，一方面用羅盤看著方向，對鄧翔說道：「不該問的別問，總之，這次是帶你們去立功的。」

長江的南側江心中，吳國的巡邏船隻也是往來衝突，看到甘寧率領五萬大軍離開了江都港，便立即去彙報給在岸上的橫江將軍董襲。

董襲接到消息後，坐立不安，不知道甘寧要做什麼，當即下達備戰令，生怕甘寧會對南岸發動突然襲擊。

等到董襲乘船來到江心時，早已看不見甘寧大軍的一點影子，讓他虛驚一場。再問明情況後，董襲便上岸了，當下寫了兩封信，一封派人送去建鄴，一封派人送去柴桑。

滾滾長江東逝水，甘寧的五萬海軍沿江而下，頗為省事，一經出海，便揚起風帆，浩浩蕩蕩的朝東北方向駛去。

傍晚時分，太陽在海平面沉下去後，甘寧便下令所有海軍暫時停止前進，

四十艘大型戰艦紛紛停在海平面上，一字排開，綿延不下數海浬。

「擊鼓，傳所有海軍將官到旗艦上開會！」甘寧登上甲板，衝鼓手喊道。

「諾！」

「咚咚咚……」

鏗鏘有力且極有規律的鼓聲隆隆響起，但見四十艘戰艦上紛紛放下船隻，然後從戰艦上下來五個人，撐著小船朝旗艦划去。

不一會兒功夫，二百名海軍的中高級將官全部聚集在甘寧的旗艦上，在旗艦的會議室內舉行了一次會議。

甘寧作為海軍的頭號人物，環視一圈在座的人，朗聲道：「諸位將軍，自我華夏國海軍成立以來，已經有幾個年頭了？」

「已經八年了！」

「沒錯！八年了！自從八年前在天津創立海軍時，我們一路風風雨雨的走來，已經八年了。八年來，你們都是我的好兄弟。八年來，我們有過酸甜苦辣，前三年海軍根本不具規模，也就是最近五年，皇上才加大了對海軍的建設，從最初的一萬，擴展到現在的二十萬，這是一個很大的發展。你們都是我最為精銳的部下，**你們在海上是鯊魚，到了陸地上就是一頭狼**，所以，此次皇上交給我們一項秘密的任務，你們可否有信心完成皇上交給我們的密令？」

「有！有！」群情激奮，都異口同聲地回答道。

甘寧滿意地點點頭，然後拿出高飛寫給他的密信，當即宣讀道：

「聖諭！」

二百名軍官立即站起來，敬禮喊道：「吾皇萬歲萬歲萬萬歲！」

這是海軍特有的一種方式，也是海軍陸戰隊有別於陸軍的一點，他們採用現代化的訓練方式，敬禮就是高飛親自教給他們的，以敬禮作為軍中的最高禮節，而不再行跪拜之禮。

甘寧捧著那道密信說道：「**皇上讓我們去占領位於東方的一個島，並且告訴我，那裡叫倭國，讓我們將倭人全部帶走，驅趕到遼東去**，讓他們去挖煤採礦，之後，在倭人的土地上建立屬於自己的海軍基地，並且設立瀛州，暫時由我們海軍陸戰隊管轄。這是一次征伐，也是我們這次的任務，當我們完成之後，倭國的女人任由你們抓，都給你們當老婆。為了你們的老婆，為了我們的皇帝陛下，前進！」

「為了皇帝陛下，前進！」

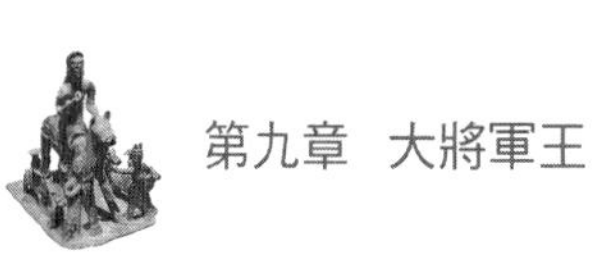

華夏國神州六年，五月初一。

烈陽懸掛在帝都的上空，將金色的陽光灑遍了整個皇宮。

在大殿上，文武群臣盡皆站立兩側，高飛端坐在龍椅上，環視一圈後，朗聲叫道：「帶尉仇台上殿。」

「帶尉仇台上殿！」殿前武士大聲地朝著殿外喊道。

不一會兒，尉仇台率領莫科謨、莫科多等十餘名文武一起走進了大殿。

一進大殿，眾人便紛紛跪在地上，尉仇台更是低聲下氣的說道：「罪臣尉仇台，叩見神州大皇帝陛下。」

「尉仇台，你可知罪？」高飛厲聲問道。

「臣知罪，臣一時糊塗，聽信了讒言，可是後來醒悟，所以一等到兵部尚書王大人抵達，臣就立刻不戰而降了。臣只求皇上能夠法外開恩，留臣一條性命。」

尉仇台跪在地上，全身哆嗦著。

高飛道：「尉仇台，你本來與我國一向和睦，近十年來，夫餘人和我華夏國之間從未有過戰爭，一直通商，在文化、經濟方面也互有交流。朕念在昔日的情分上，就姑且饒你一命。但是死罪可免，活罪難逃，從此以後，你夫餘國不再以我華夏國的附屬國存在，而是直接併入我華夏國，朕要削去你的王位，姑且就做個歸命侯吧。」

尉仇台雖然極為不情願，但是人為刀俎我為魚肉，也不得不從，當即叩頭拜謝道：「多謝皇上不殺之恩，臣感恩戴德。」

高飛又道：「歸命侯，朕看你年事已高，也經受不起這種顛簸了，從今以後，你就留在洛陽安享晚年吧，至於夫餘人那邊，朕會另外委派官員去治理，你就不必操心了。」

尉仇台吃了一驚，高飛這樣做，等於是將他徹底軟禁起來，他的雄心壯志只怕這輩子都無法實現了。無奈之下，尉仇台只好重重地嘆了一口氣。

高飛將尉仇台降為歸命侯，並且封他一個散騎常侍的官職，派人將他安置在洛陽城中，便將尉仇台打發走了。

隨後，高飛封莫科謨為黃門侍郎、莫科多為城門都尉，其餘尉仇台帶來的文武官員全部有所封賞，等於將夫餘人這些高層領導全部軟禁在了洛陽。

之後，高飛對平定遼東叛亂的王文君、樓班、公孫康、馬岱、鍾離牧、于毒、甘小寧等人都進行了封賞，封王文君、樓班為一等伯爵，公孫康、馬岱、鍾離牧、于毒、甘小寧為一等男爵，並且封賞公孫康為度遼將軍，全權負責東北一

帶的事宜，加封鍾離牧為東夷將軍，負責打理東夷事宜，于毒為平遼將軍。馬岱、甘小寧都隨王文君回到帝都，高飛加封馬岱為虎賁中郎將，甘小寧為驍騎將軍，留在身邊聽用。

此外，高飛派出以蔣幹為首的文官二十多人，趕赴夫餘人的舊地，去治理夫餘人，並且讓公孫康加以協助。至此，華夏國東北邊疆的最後一支少數民族徹底的併入了華夏國的版圖，夫餘國也徹底消失。

經過這件事後，加強東北軍事力量的問題也再一次提上了日程，詔令樓班率領這次平叛的五萬烏丸突騎為常備軍事力量。

如今天下兩分，但是兩個國家都知道，**戰爭的爆發只是早晚的問題，不同的是，是誰統一於誰的事情。**

六月中旬，甘寧的海軍按照航海圖的指示，正式抵達了倭國，歷經一個多月的航行，甘寧的海軍也有所損失，四十艘大型戰艦在海上遇到了風浪，結果有五艘沉沒，六千將士葬身海底，同樣也損失了大量的糧食。不過，值得慶幸的是甘寧的海軍最後還是成功在倭國登陸，正式踏上了征服倭國的征程……

由於海上資訊不通，無法向華夏國傳回消息，所以甘寧在倭國諸島嶼的征戰過程，一直未能有書面的消息傳到洛陽。不過，倭國現在還是奴隸社會，而甘寧的海軍又很強大，所以說，這是一次毫無懸念的戰爭，充滿了殺戮和血腥。

與此同時，整個華夏大地上則掀起了一股農業競賽，百姓、軍隊紛紛積極的投身在農業當中，開始為最後的統一做好充足的準備。

吳國方面，孫策對高飛的話深信不疑，親自率領半數水軍去占領夷州和朱崖洲，但是第一次出航由於船隻不適合在海上航行，以至於差點全軍覆沒。

回到岸邊後，孫策加緊改良造船技術，經過半年多的努力，吳國的第一支船隊終於抵達了夷州。但是，卻受到夷州的土著高山族的攻擊，吳國軍兵疲憊，經常受到騷擾，以至於最後還是被迫撤出夷州。

相比之下，朱崖洲倒是被吳國很輕易的占領了，孫策派出軍兵，屯駐在朱崖洲。同時，再次親自率領水軍跨海收夷州，在抵達夷州後，開始了對夷州長達三年的攻占。

華夏國神州七年，三月，甘寧借用火藥的威力，正式征服了倭國，並且派人將消息送到了帝都洛陽。

高飛得知消息後，大為開心，隨即封甘寧為靖海公，為二等公爵，成為繼賈詡之後第二個封為公的大臣。

隨後，高飛便開始大刀闊斧的將倭人全部遷徙到東北，男性為礦工，女性被

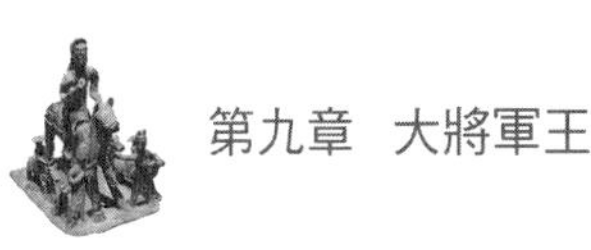

帶到徐州、青州一帶就地為民，嫁給漢民為妻為妾。又讓甘寧在倭國諸島嶼上建立一座海軍基地，留為後用……

七年後。

西域，大宛國。

貴山城中，大宛國王率領群臣，在華夏國將士的注視下，朝坐在大宛國王寶座上的高麟行跪拜之禮。

大宛國王猶如丟了魂魄一樣，對高麟甚是畏懼，朗聲道：

「罪臣有眼不識泰山，冒犯了王爺的虎威，從此以後，罪臣願意攜大宛國上下四十八萬人歸順華夏國，只求王爺格外開恩，不要再為難我的國人。」

高麟身材高大，體格健壯，一身金色的盔甲披在身上顯得威風凜凜，盔甲上的龍紋圖也顯得活靈活現，深邃的眼睛裡透著幾許目光，讓他看上去甚是威武。

「哼！本王當初就曾告誡過你，如果一開始你就率眾歸降，又如何會有此時階下之囚的滋味？現在你知道求我了？早幹嘛去了？來人啊，推出去斬首示眾，給那些不服本王的人一個警鐘！」高麟哼聲道。

「王爺，不可亂來啊，大宛國王殺不得！」郭嘉坐在高麟的身邊，聽到高麟要殺大宛國王，當即阻止道。

「為什麼殺不得？」高麟扭頭看了一眼郭嘉，問道。

郭嘉道：「大宛國王非鄯善王、龜茲王所能比擬，鄯善王、龜茲王都是暴君，國內百姓恨不得殺之而後快，可是大宛王卻不一樣，大宛王深得百姓愛戴，如果殺了，只怕大宛會再次反叛，請王爺三思。」

高麟雖然只有十四歲，但是卻從軍四年有餘了，武力勇冠三軍，方天畫戟更是使得出神入化，頗有當年漢末呂布之雄姿。

從軍四年，從一個普通的小兵做起，每逢征戰總是衝鋒在前，殺敵最多，憑藉戰功一次次榮升，最後使得太史慈、馬超、魏延、龐德這些西北老將都為之震動，加上他是皇子身分，其餘人更是對高麟忌憚三分。

後來，高飛因為高麟所獲得的功勞，便封高麟為大將軍王，並且擔任此次西征的一路軍主帥。

從華夏國神州六年開始，西北只穩定了三年時間，三年之後，位於中亞一帶的貴霜帝國多次發兵向東攻打臣服於華夏國的西域三十六國，西域三十六國經常是牆頭草，左右搖擺，由於華夏國對西域的控制力不夠強大，所以四年中西域諸國受到貴霜帝國的蠱惑，多次出兵騷擾華夏國。為此，西域一帶戰事不斷。

但是，由於華夏國東南一帶還有吳國，自從孫策征服夷州之後，兩國關係便急劇下滑，兩國的海軍更是在長江上箭拔弩張，氣氛異常的惡劣。不過值得慶幸的是，兩國雖然有大大小小的摩擦，但都通過外交手腕得到解決。

可是對高飛來說，**如果不儘早平定吳國，完成統一大業，就無法真正的全心全意對外用兵**，所以，從神州九年開始，高飛便積極的在東南一帶布置重兵，並且將甘寧調回，占領舟山群島，建立海軍基地，擴軍至百萬，大部分都編入海軍。而西域一帶，高飛只能採取守勢。

四年間，華夏國多次受到西域聯軍的攻擊，雖然都被擊退，但是西域諸國受到貴霜帝國的支持，源源不斷地騷擾著帝國的邊境，讓高飛著實頭疼。

最後，高飛連同參議院、樞密院和諸位尚書一起商議，做出了決定，先征服西域諸國，然後再南下統一吳國，因為和吳國的關係還未正式破裂，所以暫時不會發生戰事，這才有了今年華夏國的大舉反攻西域的軍事行動。

華夏軍三十萬，自敦煌而出，分兵三路，虎翼大將軍太史慈率軍十萬北征鮮卑，司馬懿為軍師；征西大將軍張飛率軍十萬為南路，征伐於窴、疏勒等國，以龐統為軍師；而中路軍十萬則以大將軍王高麟率領，郭嘉為軍師，征伐鄯善、龜茲、大宛等國，之後，三路軍全部會師於大宛國的貴山城，再議抵抗貴霜帝國的事情。

高麟對郭嘉的話言聽計從，當即說道：「既然如此，那就不殺，暫時先關起來，如何？」

郭嘉點了點頭，對高麟道：「也只有如此了，現在就在此地休整，等待太史慈、張飛兩路軍抵達即可。」

幾天後，張飛率領南路軍抵達貴山城，與高麟在此地勝利會師。但是，作為北路軍的太史慈卻失約未至。

張飛在七年前歸順了華夏國，高飛對張飛一如既往的厚待，還重用關羽的兒子關平，命令讓張飛獨自去招新兵，封他為征西大將軍，一直留在洛陽一帶聽用。

直到今年，高飛才正式將張飛調往西北，參加對西域的用兵，並且讓他率領一路十萬的大軍，讓龐統跟隨在張飛左右，早晚出謀劃策。

張飛首次出征，也確實幸不辱命，一路上兵不血刃，未曾折損一兵一卒，使得於窴、疏勒等西域諸國不戰而降。當然，這其中也頗得于龐統的計策，關平也立下了不少功勞。

貴山城的大宛王的王宮裡，高麟親自接見了張飛，擺下酒宴熱情的招待了

張飛。

論輩分的話，高麟應該叫張飛為伯父，可是畢竟他是皇家人，又是華夏國的大將軍王，地位尊崇。所以，張飛率領龐統、關平一進入大殿，便先行參拜高麟。

華夏國異姓不得為王，已經成為一種體制，有功勞的諸如賈詡、荀攸、郭嘉、田豐、管寧、以及十大將軍等人最高的爵位只能到公爵，而公爵也是人臣的最高爵位，華夏國開國以來，受封公爵的人，不過寥寥，唯有賈詡、荀攸、郭嘉、趙雲、太史慈、甘寧、黃忠、張遼八人而已，其中只有賈詡、趙雲是一等公爵，分別受封為安國公和定國公。

高麟作為高飛次子，受封王爵，在華夏國中，也只此一位，所以地位顯得特別的尊崇。

因為高飛的長子高麒一直在東南一帶處理和東吳的關係上，功勞反而不如高麟來的快，所以暫時才是個二等侯爵，與高麟所受封的大將軍王相差許多。

不過，不論是高麒還是高麟，兩個人自從在五歲那年分開之後，就再也沒有重逢過，這麼多年過去了，兩兄弟只以書信的方式互相往來。

「張將軍一路辛苦，我知道張將軍喜歡喝酒，所以命人特地備下了這西域的美酒，還希望張將軍今日盡情的暢飲。」

高麟端起酒杯，面對張飛毫不客氣，整個人充滿了霸氣，雖然年紀還輕，可是卻已經很有王者之姿了。

張飛正值壯年，雙眼炯炯有神，當下端起酒碗，便道：「多謝王爺的美酒，只是末將已經戒酒多年，不便再飲。但是王爺的面子末將不敢不給，只能勉為其難，喝下這碗酒，也只能喝此一碗便可。」

高麟聽到張飛戒酒的話後，倒是狐疑起來，問道：「張將軍，你不是在跟本王開玩笑吧，我可是聽說你嗜酒如命，怎麼這會兒告訴我戒酒了？」

張飛苦笑道：「實不相瞞，末將確實已經戒酒了，末將已經七年未曾飲過一滴酒了，這件事，我的軍中人人皆知。」

高麟不信，當即以目視龐統，問道：「龐軍師，張將軍所言可屬實？」

龐統道：「句句屬實，屬下跟隨張將軍身邊，這一個月來，張將軍確實是滴酒未沾。」

「我叔父確實已經戒酒多年，末將不敢欺瞞王爺，這件事我們軍中人人得知，就連皇上也是知道的。」關平向前跨了一步，抱拳說道。

高麟道：「既然如此，那張將軍就以茶代酒吧，本王也不勉強。多吃肉少喝

酒，酒喝多了也傷身。一會兒吃飽喝足之後，將軍就先下去休息吧，好生休整一番部隊，靜待太史將軍率軍抵達。」

張飛見高麟雖然年輕，可是處事卻很公道，便將茶一飲而盡，心中暗道：「都說大將軍王跋扈、囂張，可是在俺看來，這小子雖然年輕，卻老成持重，未必是傳言中的那樣……」

這邊張飛剛喝完茶，便從殿外進來一個人，氣喘吁吁地道：「啟稟王爺，接到虎翼大將軍的密報，請王爺過目！」

信箋立刻遞到高麟的手中，高麟看都不看，直接將信交給身邊的郭嘉，說道：「念。」

郭嘉當即朗聲念道：「大將軍王親啟，末將率軍十萬北擊鮮卑，奈何鮮卑人數眾多，末將又太過輕敵，以至於被鮮卑人誘敵深入，現被鮮卑人圍困在鮮卑腹地，末將所部損傷慘重，祈求大將軍王能夠立刻發兵救援，虎翼大將軍太史慈親筆……」

高麟聽後，皺起眉頭道：「魏延，你和派特里奇將軍率軍五萬留在這裡，如果遇到貴霜帝國的軍隊，便堅壁清野，緊守城池，其餘所有軍隊全部跟本王走，去鮮卑支援虎翼大將軍！」

「諾！」

命令一經下達，高麟出了大殿，帶領諸位將軍到校場點齊兵馬，立刻出征。共計十五萬大軍離開貴山城，朝著鮮卑的單于庭而去。

西征大軍除了安尼塔．派特里奇的那兩萬飛衛軍是步兵外，其餘二十八萬全部是騎兵，或騎馬或騎駱駝，在西域這種廣袤的原野上，當真是健步如飛，而且每個士兵都各自攜帶各自的口糧，拴綁在馬鞍附近，這樣一來，糧草就等於化整為零，減少了糧草被偷襲的顧慮，所以速度非常的快。

狂風漫捲著黃沙，烈陽炙烤著大地。

高麟久居西域，對西域的地形十分瞭解，三年前，他曾經一個人騎著一匹駱駝，用十個月的時間走遍西域。路上雖然遇到危險，但是以他的武力，似乎沒有解決不了的困難，十個月的遊歷歸來後，他便親自繪製了一幅地圖，在上面標注上了水源的位置。

控制水源就等於控制了命脈，所以使得西域的一些小國在華夏軍占領了水源之後，便無計可施，只能遣使投降。

不過，對於大宛、鄯善、龜茲、烏孫這樣在西域中的大國來說，他們的國都就建造在水源附近，而且軍事力量也足以保護水源，所以只有強攻，威逼他們投降。

所以，高麟一路上用郭嘉的計策恩威並用，收服了不少國家，並且正式對鄯善、龜茲、大宛採取軍事行動，以武力迫使這三個國家投降。

天山北麓。

太史慈率領六萬殘軍固守在一個山口上，山口外面的草原上，二十多萬鮮卑勇士耀武揚威的呼喊著，每隔半個時辰來攻擊一次，而山口那裡成了鮮卑人攻擊的重點，太史慈和鮮卑人在此爭奪許久，山口的岩石都被鮮血染紅了。

太史慈站在一塊大青石上，胳膊上纏著繃帶，鮮血早已經將繃帶給染透了，他的手裡拿著望遠鏡，眺望著遠處密密麻麻的鮮卑人。

當他放下望遠鏡時，重重地嘆了一口氣，轉身對宋憲、侯成說道：「都怪我太輕敵了，中了鮮卑人的奸計，被鮮卑人誘敵深入，現在被堵在這裡，反而害死了三萬多將士，我對不住他們……」

宋憲道：「大將軍，勝敗乃兵家常事，鮮卑人足有七八十萬人，軍事力量本來就強大，我軍十萬人是少了點，不過只要我軍還在，大將軍還在，討平鮮卑的事又有什麼難的。求援信已經派人發出去了，相信大將軍王見到之後，必然會親率大軍來救，到時候再夥同大將軍王一起席捲鮮卑，便可轉敗為勝。」

侯成也道：「大將軍，宋將軍說得很對啊，我們現在應該要堅持住，靜候援軍。不過，大將軍的傷也應該好好治治了，否則的話，只怕不好在大將軍王率軍救援時參戰啊！」

宋憲、侯成的話算是說到了太史慈的心坎裡了，當即喊道：「太史享！」

太史享是太史慈的長子，自幼習武，現在已經參軍，是太史慈帳前的一名小校。但是軍中人人都知道太史享是太史慈的兒子，所以對太史享格外敬重。

「末將在！」太史享和太史慈很像，得到太史慈的真傳，慣用兵器也是大戟，武藝不弱。

「立刻傳令下去，讓前軍緊守山口，每隔半個時辰換一次班，不管死多少人，都要給我守好那個山口。」

「諾！」

太史享當即下去傳令，心中卻在想：「我第一次參戰，父親一直不讓我出戰，這時正是我立功的機會。」

太史慈被侯成、宋憲扶著回去換藥了，太史享來到山口，將命令傳達下去，然後看見守山的隊伍中一個將軍死了，這些士兵群龍無首，當即喊道：「從現在

起，你們就是我的部下了，我們一定要堅守此地，不能讓任何人突破這裡，都聽明白了嗎？」

眾人都認識太史享，雖然太史享只是個小校，可是私底下太史慈的部下都尊稱太史享為少將軍，所以都異口同聲地回答道：「是，少將軍！」

這邊話音剛落，那邊鮮卑人便開始前來攻山，太史享看到以後，大聲地喊道：「弟兄們，拿出勇氣，和他們拼了。放箭！」

鮮卑人如同螞蟻一般湧了上來，狹窄的山口那裡被巨石阻隔，華夏軍躲在巨石後面用弓箭射擊，密集如雨的箭矢擊退了一波又一波的鮮卑人，外面是橫屍遍野，屍體堆積如山。

最後，鮮卑人終於退卻了。

暮色四合，天地間一片昏暗，鮮卑人在外面點齊了火把，火光圍繞著這座孤山，將這座孤山映照的如同白晝。

山上只有一處小泉，士兵渴了就在小泉那裡排隊等著喝水，可是那點泉水對於六萬多大軍來說，簡直是杯水車薪，於是太史慈下令士兵去山中尋找水源，採集野果子吃。

「軍中還有多少糧食？」太史慈將行軍主簿召來，問道。

主簿道：「大約還能維持兩日，前天那一戰許多將士攜帶的糧食都丟了，所以……」

「我知道了，你下去吧，儘量去安撫一下將士們，援軍很快就會抵達的。」

「諾。」

等到行軍主簿離開後，太史慈重重地嘆了口氣，回想起以前的種種，不禁覺得自從參軍以來，他還是第一次敗得這麼慘。

「父親，鮮卑人暫時撤退下去了，看來今夜不會再攻擊了。」太史享走了進來。

太史慈道：「嗯，你也好好休息去吧，不過不可大意，鮮卑人很狡猾，誰知道夜裡會不會發動襲擊呢，只要能夠堅持到援軍抵達，我軍就能夠反敗為勝。」

「是，父親大人，孩兒這就去守住那個山口，絕對不會放過任何一個鮮卑人。」太史享拍了拍胸脯，保證地說道。

等到太史享出去之後，太史慈便對侯成道：「你也去山口，太史享年輕氣盛，我擔心鮮卑人一旦前來挑釁，他就會中計，率軍殺下山去……」

侯成道：「大將軍放心，末將一定好好地照顧好少將軍。」

這時，宋憲帶著軍醫走了進來，對太史慈說道：「大將軍，該換藥了。」

太史慈看了一下自己的左臂，又看了一眼那軍醫，問道：「軍中還有多少藥？」

「大將軍放心，軍中藥物很充足……」軍醫回道。

「充足個屁！你老實告訴我，軍中藥物到底還有多少？」太史慈怒道。

軍醫見瞞騙不了太史慈，便如實地答道：「軍中藥物已經所剩無幾了，就連這副藥也是宋將軍在山上的峭壁上採摘下來的……」

太史慈聽後，對自己更加的自責了，如果不是他的失誤，又怎麼會導致糧草、藥品等輜重盡數丟失呢。

他擺擺手，對軍醫道：「你把這副藥拿走，給受傷最重的士兵用，我這點皮外傷不用也罷。」

宋憲叫道：「大將軍，你的箭傷深入肌骨，這藥是軍醫專門為你調配的，其他人就算用了也沒有效。如果你不用藥的話，那箭傷如何能好，大將軍又如何能夠率領我軍衝鋒陷陣？」

「大將軍，宋將軍說得極是，大將軍是我軍的主心骨，我們不能沒有大將軍，還請大將軍用藥。」軍醫急忙勸道。

「不用，快把藥拿走，找個與我傷勢差不多的敷上去即可。」太史慈瞪著兩隻大眼道。

「這……」軍醫很是為難，斜眼看了宋憲一眼。

「大將軍，對不住了……」話音一落，宋憲立刻強行將太史慈按倒在地，然後禁錮著太史慈。

太史慈身上多處受傷，尤以左臂傷勢最為嚴重，箭頭深入骨髓，當時拔箭時差點沒把太史慈給疼暈過去。若在平時，宋憲怎麼可能會制伏得了太史慈，但是今時今日，太史慈身子虛弱，每動一下身子，傷口就會很疼痛，以至於很容易就被宋憲給控制了。

「快，快給大將軍敷藥！」宋憲衝軍醫喊道。

軍醫手腳俐落的將舊藥換下，用新調配的敷藥給太史慈敷上，然後包紮好。

宋憲放開太史慈，然後跪在地上認罪道：「末將冒犯了大將軍，請大將軍責罰。」

太史慈苦笑道：「罷罷罷！你也是為了我好，起來吧。」

宋憲站起身子，太史慈囑咐軍醫看看山上有沒有產什麼藥材，帶人上山採藥，以救治受傷的士兵。

將軍醫打發出去後，太史慈問道：「可有軍師的消息？」

宋憲搖搖頭道：「暫時還沒有。」

「唉！都怪我，皇上派司馬懿給我當軍師，我卻沒有聽他的意見，還把他放在後軍，讓他押運糧草輜重，卻成了鮮卑人攻擊的重點。現在弄得和軍師失散了，也不知道是生是死，萬一……」

「大將軍，軍師福大命大，一定不會有事情的，請大將軍放心好了。」宋憲安慰道。

「但願如此，如果軍師真有什麼事，我看皇上不會饒過我的。現在事情到了這種地步，也唯有堅守在此地，等待援軍了。」

太史慈無奈地搖搖頭，同時對自己身上的傷也感到很懊惱，如果自己不是身中好幾處傷，就可以騎馬作戰，率軍衝出重圍了。

司馬懿率領著千餘殘軍，帶著百餘輛輜重車從鮮卑人的包圍中突圍而出，一路上全賴司馬懿巧施妙計，弄得鮮卑人暈頭轉向，這才得以保存這支殘軍。

太陽落下，月亮升起，清冷的月光灑在大地上，司馬懿騎在戰馬上，回頭看了一下自己所帶的這支殘軍盡顯疲憊之色，喊話道：

「大家再堅持一下，很快就到了，斥候已經探明過，那裡是一個安全的地方，我們可以在那裡休息一下，躲避鮮卑人的追逐，大家加把勁，萬一被鮮卑人追上，也只有等死了……」

司馬懿邊走邊鼓舞著士氣，一千多殘軍還帶著這批輜重車，在這戈壁灘上行走已足足一天了，有的腳底都磨出泡來了。

「轟！」一聲悶響在司馬懿的身邊響起，一個士兵倒在地上，奄奄一息，再也起不來了。

司馬懿急忙從馬背上跳了下來，一把攙扶住那名士兵，叫道：「兄弟，別睡啊，你快醒醒啊，我們就要到目的地了，那裡有吃的，有喝的，還有溫軟舒適的床睡，而且在床邊還有漂亮的美女，她們全身赤裸，只等著伺候我們呢……」

可是，無論司馬懿怎麼呼喊，士兵最後還是未能睜開眼睛，最後連呼吸也沒了。

司馬懿嘆了口氣，眼睛裡滿是悲憤，仰天叫道：「蒼天啊，你到底要我怎麼做才肯歸還他們的性命啊……」

本來，司馬懿率領的人數有三千多，但是為了擺脫鮮卑人的追逐，以及抵擋鮮卑人的攻擊，徹底保護好這些輜重車，司馬懿眼睜睜地看著有差不多兩千人離他而去。所以他的心情很是悲憤，十分不願意再看到有人離他而去。

時間不允許他有絲毫的停留，司馬懿撇下士兵的屍體帶著人繼續上路，朝大約還有十里的一處山丘走去。

這十里的距離，在司馬懿看來卻足有萬里，因為他的部下都已經很累了，馬匹已經累倒許多，現在剩下的只是徒步前行的人，前面用人拉著，後面用人推著，將這一百多輛笨重的輜重車給帶走。

最後，司馬懿讓自己的戰馬在前面拉，他在後面推。

大約一個時辰後，司馬懿等人終於抵達斥候探明的一處小山坳裡，這裡地勢低窪，有一處水潭可以供士兵飲用。

小山坳並不大，周圍點燃了許多火把，輜重車繞成一圈，將士兵聚攏在裡面，擋住小山坳的進口，在很累的狀態下，許多士兵還是堅持站崗放哨，以防止發生不測。

「軍師，一切都布置好了，鮮卑人會跟過來嗎？」一個都尉走到司馬懿的面前，說道。

司馬懿道：「鮮卑人狡猾多變，誰知道會不會跟過來……」

說這話時，司馬懿不禁有些悔恨，如果太史慈不一意孤行，能夠聽他的計策，別說鮮卑人有三十萬大軍，就算是八十萬大軍，他也能夠以十萬滅之。

「等走出這片戈壁，我一定要狠狠地參太史慈一本！」司馬懿在心裡暗暗說道。

就在這時，一匹快馬從後面快速駛來，馬上的人翻身跳下馬背，朝司馬懿跪拜道：「啟稟軍師，後方發現鮮卑人，大約有五千騎兵……」

司馬懿當即道：「快，集合隊伍，全軍戒備！」

第十章

圍城一策

高麟道：「我知道你聰明絕頂，升龍城是鮮卑大單于的巢穴，你可有什麼辦法以六萬之眾剿滅這夥賊人嗎？」

司馬懿道：「恐怕微臣要讓王爺失望了，臣暫時沒有對付升龍城的有效方法，唯一可行的方法就是圍城！」

司馬懿一聲令下，一千多殘軍迅速的做好防禦體系，雖然人困馬乏，但是也不能陷入任人宰割的地步，千餘人端著連弩，靜靜地躲在輜重車環繞成的掩體後面，每個人的眼睛都瞪得大大的，只等鮮卑人的到來。

「把火給熄滅了！」

司馬懿讓人將火給熄滅，這樣一來，黑夜中誰也看不見誰，除了月光的映照之外，再也沒有別的可視光線。

人未到，聲先至，滾滾的馬蹄聲鋪天蓋地般的傳了過來，司馬懿和每個將士都把心提到了嗓子眼，黑夜難辨，不知道對方來了多少人，但是直覺告訴他們，這一次來的人絕對不下五千騎兵。

司馬懿的心不停地跳著，這次出征本以為會取得優異的成績，奈何太史慈一意孤行，不聽他步步為營的策略，以至於先頭部隊孤軍深入，導致押運糧草的輜重營損失慘重，讓鮮卑人將他和太史慈分割成兩部分。

他第一次感受到前所未有的壓力，此次是生是死還是未知之數，如果不能夠從這裡逃走，那他的生命將徹底的在此結束。

「呵呵……」司馬懿想著想著，覺得自己實在太可笑了，不經意間便笑出了聲音來。

回首當初，年少多才，後來受到當今的皇帝器重，成為華夏國歷史上第一個天子門生，多少英雄好漢、名臣、名將都盡收眼底，多少有名的敵人都不曾被他放在眼裡，大風大浪的走了過來，可是沒想到今天卻被以游牧為生的鮮卑人逼迫到如此境地，當真是一種莫名的悲哀。

「軍師，敵人越來越近了，四面八方都有，我們守得住嗎？」都尉心生膽怯，更別說其他的士兵了，雙腿哆嗦，忍不住問了出來。

司馬懿看了眼都尉，見都尉的臉上已經露出恐懼之色，其餘士兵較之都尉更甚，他急忙鼓舞道：「大家都別怕，鮮卑人這是虛張聲勢，你們想想，前幾天我們被鮮卑人重重包圍，鮮卑人可謂是銅牆鐵壁，我還不是帶領你們出來了嗎？一路上鮮卑人不停地追逐我們，我不是把他們搞得暈頭轉向了嗎？你們應該相信我，相信自己，只要你們想回家，就一定能夠回家。狹路相逢勇者勝，相信我，我一定會將你們帶回華夏國，讓你們和家人團聚的！」

將士們聽了司馬懿的這句話，像是吃了一顆定心丸一樣，想起一路撤退時的種種，都重新振作了起來。

可是，對於司馬懿來說，他的這番話不過是自欺欺人，如果現在鮮卑人果真有五千騎兵追了上來，估計不出半個時辰，他們就會被完全消滅。可惜的是，這

次出征帶的炸藥大部分都被鮮卑人搶走了，少數的炸藥也在撤退中用光了。

此刻，司馬懿的心中莫名地生出一種對死亡的恐懼，這是第一次，也是絕無僅有的一次。

馬蹄聲漸漸逼近，司馬懿等人緊張萬分，睜大眼睛望著前方，不等那些騎兵奔馳過來，眾人緊繃的神經突然一下子鬆懈下來，紛紛射出箭矢，誰也沒有注意到那些騎兵還遠在他們的射程之外。

箭矢如同雨下，可是由於連弩的射程較短，使得箭矢都沒有發揮到什麼作用。

司馬懿見狀，急忙制止道：「都冷靜點，等敵人靠近以後再射！從現在起，不能再浪費任何一支箭矢了。」

地面的顫動越加的劇烈，司馬懿等人都屏住了呼吸。

忽然，大批的騎兵在華夏軍的射程之外停了下來，遠遠望去是一大片黑乎乎的人影，看不清面孔，也看不見任何服飾。

這時，只見領頭的一個人提著一桿方天畫戟，緩慢地策馬而出，隻身一人向前走了幾步，張開嘴巴喊道：「前面是什麼人，速速報上名來！」

「漢話？」

司馬懿聽到這聲大喊後，心中不禁一怔，因為這漢話中還夾雜著秦、涼一帶的口音。

於是乎，他急忙喊話問道：「你們又是什麼人？」

「本王乃是華夏國大將軍王高麟，前面答話的是什麼人？」馬上握著方天畫戟的騎士大聲喊道。

「是王爺……」

司馬懿聽後，興奮到了極點，急忙道：「王爺，臣乃是巡檢太尉，西北野戰軍第一集團軍軍師司馬懿……」

高麟聽到司馬懿的回答後，座下戰馬奔跑如風，不一會兒功夫，便奔到司馬懿等人的面前。

清冷的月光灑在高麟的臉上，一張冷峻的臉龐露了出來，深深的雙眸中透著一股攝人心魄的寒意，他環視一圈眾人，將方天畫戟在胸前一橫，問道：

「哪個是司馬懿？」

司馬懿急忙從掩體後面出來，跪拜在高麟的面前，朗聲道：「司馬懿叩見大將軍王！」

「叩見大將軍王！」司馬懿身後一千多殘軍異口同聲地叫道，之前那種緊張

的心情一掃而空，現在換來的是無比的開心。

高麟道：「都起來吧。司馬大人，你不是應該和虎翼大將軍在一起嗎？怎麼會在這荒野中？」

「哎，一言難盡啊……」司馬懿重重地嘆了口氣。

隨後，司馬懿將發生的事告訴了高麟，高麟聽後，面無表情，什麼都沒說。

良久，高麟才對司馬懿道：「司馬大人，麻煩你帶著你的這支殘軍退回雲中府吧，這裡的事情就交給本王了。本王這次雖然只帶了五千輕騎為前部，可是後面卻有征西大將軍張飛率領的十餘萬兵馬正在陸續趕來，定然能夠平定鮮卑。」

司馬懿道：「王爺，臣押運的都是糧草，虎翼大將軍的六萬多大軍都沒有糧草，雖然是杯水車薪，可是卻能供大軍食用幾日，不如讓臣跟著王爺一起戴罪立功吧？」

高麟想了想道：「好吧，你帶領他們跟隨在我的後面，我再派一千騎兵保護你們。今日暫且在這裡休息，明日一早，我便率領騎兵去支援虎翼大將軍。」

言畢，高麟和司馬懿便合兵一處，當夜就在那裡休息，一夜無事。

原來，斥候遠遠地看見有一股騎兵奔馳而來，也沒有搞清楚到底是誰，便回來稟告，以至於讓司馬懿虛驚了一場。

而高麟之所以能夠那麼快抵達這裡，就是因為他所帶領的騎兵所騎的都是從大宛國那裡弄來的大宛良馬，他的座下是一匹千里駒，部下所騎的也能日行八百，選了五千將士作為先頭部隊，便火速從大宛趕來，日夜不息，急行了一千五百多里才抵達此處。

不過，現在高麟所部都已經是人困馬乏，如果再得不到休整，只怕人馬都會被活活的累死。

第二天天一亮，高麟問明太史慈所在之地，便浩浩蕩蕩的離開了。而司馬懿則押運著糧草輜重跟隨在後面，一路上指揮得當，眾人也恢復了信心和士氣。

「嗚嗚嗚……」

清晨的第一縷陽光剛剛照射進山谷，鮮卑人進攻的號角聲便吹響了，經過一夜的休整，所有的鮮卑人都恢復了體力。

「放箭！千萬不要讓敵人靠近半步！」

太史享身在最前線，一邊拉弓射箭，一邊大聲地喊著，指揮著身邊的八百弩手和兩千弓箭手迎頭痛擊這些鮮卑人。

密密麻麻的鮮卑人像是螞蟻一般蜂擁而至，他們捨棄了馬匹，開始攀爬岩石，一邊向前進，一邊用弓箭射擊，和太史享等人進行著對射。

侯成見太史享站在第一線，而太史享身邊的弩手紛紛被射穿了喉嚨，盡皆倒在血泊中，他很擔心太史享的安危，大聲喊了出來。

「少將軍，這裡危險，你退到後面去，這裡交給末將即可！」

「戰場上沒有儒夫，他們是華夏國的勇士，我也是。男兒志在四方，既然從軍，就應該將生死置之度外，你走開，這裡我來防守，請你回去告訴父親，我不需要特殊照顧。」太史享一邊射箭，一邊衝侯成喊道。

侯成道：「少將軍……」

「請勿多言，將軍若是留下來，就與我一同戰鬥，若不留下來，就請速速離開，不要妨礙我指揮士兵戰鬥！」太史享一臉無畏地說道。

侯成當即挽弓搭箭，吼道：「少將軍尚且如此，我侯成乃軍中宿將，豈能落後？」

太史享笑道：「好，就讓我們並肩作戰，痛擊那些鮮卑人！」

戰將如此，士兵更是士氣高漲，紛紛挽弓搭箭，朝著鮮卑人便是一陣亂射。

連弩手專射近處的敵人，而弓箭手則射遠處的敵人，居高臨下，又占有地利之勢，擊退鮮卑人數次。

一個時辰後，鮮卑人連續五次發動的進攻均被華夏軍給抵擋了下來，華夏軍也損失不小，三千人的隊伍死了快一半，都是被鮮卑人用弓箭射死的。而鮮卑人的傷亡則是華夏軍的三倍，山道下面死屍一片，血流成河，還有大批大批的箭矢散落一地，凌亂異常。

及至正午時分，兩軍都有些疲憊，鮮卑人不再進攻了，華夏軍也得以喘口氣，但是兩軍都不敢有絲毫的懈怠。

鮮卑人的所有將士都留在第一線原地休息，即使是吃飯，也是讓後面的軍士給送過來，胡亂吃幾口，只要填飽肚子，比什麼都強。

相比之下，華夏軍要顯得淒慘一些，他們被困在一座荒山上已經長達兩天了，什麼野果野菜之類的，能吃的都吃了，就連水源也快沒了，原本只冒出一點點的泉水眼也不冒出泉水了，華夏軍是又餓又渴。

中軍大營裡，太史慈胳膊上的疼痛占據著全身的感官，嘴巴乾裂的快要出血了，眼裡都冒出了煙，看什麼都是熱氣騰騰的。

烈陽高照，雖然才是五月的天氣，可是在這戈壁上，氣溫卻很異常，白天經過驕陽的曝曬，地表溫度遠遠地高過常溫，況且太史慈所占據的是荒山，只有一

些植被，長時間待在太陽底下，誰也受不了。

太史慈脫去了身上的盔甲，盔甲上熱得能煎荷包蛋，褪去盔甲後，他的衣服早已是前胸貼後背了，身上的衣服像是被水淋過一樣。

他舔了舔乾裂的嘴脣，瞇著眼掃視了一圈，每個人都失去了往日的精神，顯得是那樣的萎靡不振。

「主簿何在？」太史慈蠕動了一下嘴脣，問道。

「大將軍，下官在，有何吩咐？」行軍主簿走到太史慈的身邊，問道。

太史慈道：「山上可還有什麼吃的喝的嗎？」

行軍主簿遲疑了一會兒，想了想，最後還是如實答道：「啟稟大將軍，已經是糧盡水絕了……」

「唉！千錯萬錯，都是我一個人的錯，**我太史慈戎馬半生，多少英雄豪傑我都不曾放在眼裡，沒想到今日卻栽在鮮卑人的手裡**，恥辱啊恥辱！」太史慈悔恨不已，捶胸頓足地說道。

宋憲在側，急忙勸慰道：「大將軍，勝敗乃兵家常事，何況鮮卑人兵力高達三十萬，我軍才十萬，寡不敵眾啊，何況我軍又是遠征，糧草輜重等物資都補給不上，所以……大將軍，你想開點，皇上曾經說過，不以成敗論英雄……」

太史慈打斷了宋憲的話，說道：「行了，你不用再勸我了，我太史慈確實算不上什麼英雄。宋憲，你傳令下去，所有的軍士原地待命，鮮卑人要抓的人是我，只要我任由他們宰割，他們必然不會為難你們的……」

「大將軍！千萬不可啊，鮮卑人乃是蠻夷，是不會和我們講什麼道理的，況且鮮卑的大單于為人心狠手辣，一旦大將軍束手就擒了，我們這六萬多將士也必然會死無葬身之地。大將軍，你是全軍的肱骨，是全軍的主帥，只要我們能夠衝出重圍，就有回到華夏國的希望，正所謂留得青山在，不愁沒柴燒，皇上經常這樣說，希望大將軍三思而行啊！」

宋憲不等太史慈說完，便跪在地上，抱住了太史慈的大腿，然後朝周圍的將領一個勁的使眼色。

周圍的人都不約而同的跪下，異口同聲地喊道：「末將等請大將軍三思而行！」

「父親，宋將軍言之有理，只要我們能殺出去，就一定能夠回到華夏國。到時候再捲土重來，必然要給鮮卑人一個狠狠的下馬威。父親大人，全軍皆以父親大人為主心骨，只要父親的帥旗不倒，將士們就不會輕易離去，如今父親不能披掛上馬，孩兒願意代替父親率領三軍，負責衝出重圍。」太史享和侯成從山下趕

來，本來是要報告戰況的，卻聽到了宋憲的話，太史享當即插嘴道。

侯成聽後，看了看太史享，雖然年輕，但是身材和容貌和太史慈極為相似，當即靈機一動，順著太史享的思路說道：

「大將軍，少將軍言之有理，如果能夠讓少將軍穿上將軍的盔甲，拿上將軍的武器，必然會以假亂真。眾將士看到大將軍還能跨馬征戰，必然會奮力的拼殺，保護大將軍離開此地。」

「父親大人，孩兒甘願如此。來人啊，快取大將軍盔甲和武器與我！」太史享聽後，當即先聲奪人，站了起來，對太史慈的部下下令道。

太史慈愛子心切，哪裡肯讓自己的兒子上陣殺敵呢，當即說道：「此種事情怎麼能有人代之？我雖然受傷了，但是膽氣還在，人固有一死，我也要死得其所，給我披掛……」

太史享不等太史慈說完，當即快步移動到太史慈的身邊，雙手向後一伸，便從士兵的手中奪過了太史慈的盔甲，大聲叫道：「我來為父親親自披甲！」

話音剛落，太史享便轉過身子，目露凶光，當即將太史慈一掌打暈了過去，之後高舉著太史慈的盔甲朗聲高呼道：

「全軍聽令，集合隊伍，準備下山突圍！」

宋憲、侯成等人愣了一下，看到太史享穿著太史慈的盔甲英姿颯爽，乍看之下，分明就是年輕版的太史慈。

「還愣著幹什麼？還不快去集合隊伍準備出擊！」太史享大聲喊道。

「是，大將軍！」宋憲、侯成齊聲道。

太史享道：「取風火鉤天戟來，本府在山下等待你們。」

於是行軍主簿帶人安置好暈厥過去的太史慈，太史享則帶領宋憲、侯成等將領張羅了一支敢死隊，大約有三千人，全部配備最好的武器、弓弩。

太史享來到最前線，眺望鮮卑人正在進食午餐，一隊隊巡邏兵來往的十分密集，不用說，就知道裡面是守衛森嚴了。

「鮮卑人正在進食，周邊雖然有守備，但是那些人都是從後軍調來擔任警戒的，戰鬥力應該一般，我們就趁著他們吃飯的時候給予重擊，三千敢死隊先衝，後面的人緊隨其後，務必一口氣衝破此地，殺出重圍！」太史享道。

「殺出重圍！」將士們群情激昂，大聲地道。

太史享看到士氣起來了，當即喊道：「好，現在跟我走，殺出重圍！」

一聲喊畢，太史享便帶著三千敢死隊員向山下衝去。

鮮卑人正在進食，忽然見華夏軍衝了下來，雖然一時間顯得有些淩亂，但是

隨即將隨身攜帶的武器拿出手備戰。

太史享率領的敢死隊像是切割機一樣，一進入鮮卑人的陣營裡，就大開殺戒，擋者即死。

站在山上的華夏軍見了，都振奮不已，自發的組成突擊隊伍，形成梯隊式的衝鋒陣形，和鮮卑人在山腳下混戰。

遠在另外一個山丘上的鮮卑大單于見了，嘴角只冷冷的笑了一下，淡淡地說道：「不自量力。」

但見鮮卑大單于將手向前一揮，鮮卑人的伏兵便出現了，左邊一萬，右邊一萬，一同堵住了華夏軍的缺口，反倒將華夏軍給徹底包圍起來。

太史享身在戰局中，只能顧得上身邊的戰士和敵人，一番浴血奮戰後，不禁越殺越勇，鮮卑人無法阻擋，只能任由其離去。

他邊走邊對宋憲、侯成道：「快撤！」

宋憲、侯成所部損失了不少士兵，見狀也有了退意，當即令道：「快撤退！」

一行人回到山上，第一次衝鋒以失敗告終。

太史享居高臨下，這才知道鮮卑人已經將下山的道路圍得水泄不通。

「他奶奶的，白費了那麼多心思，沒想到鮮卑人還有這手。」太史享感嘆地道。

第一次衝鋒失敗，讓華夏軍備感揪心，看到山下人山人海的，每個人心裡都很清楚，想要從這裡衝出去，只怕機會很渺茫了。

太史慈緩緩地睜開眼睛，看著寂寥的天空，忍著傷痛，緩緩地坐起身子，環視一圈大帳內的情況，這才想起來自己被太史享給打昏了過去。

他急忙從床上跳起，快步走出大帳，看到行軍主簿在外面，便問道：「戰況如何了？」

「大將軍，你醒來了？」行軍主簿見太史慈醒了過來，順口道。

「回答我，戰況如何？」太史慈陰鬱著臉，冷聲問道。

「大將軍，少將軍率眾衝鋒，眼看就要衝出一條口子了，可是鮮卑人實在太多，而且下山的要道也太窄，我軍又被逼退了回來。大將軍儘管放心，少將軍一點事情都沒有，正在前軍呢。」

太史慈聽後，嘆了口氣道：「首度衝鋒失敗，再想突圍只怕是難上加難了……」

他活動了一下自己的臂膀，試了一下可不可以動彈，可是左臂上的箭傷深入

骨髓，只要動一動就會痛入心扉。

「你去傳令，讓各部準備撤退……」太史慈強忍著鑽心的疼痛，對行軍主簿說道。

「大將軍，你的傷……」

「我不礙事，皮肉之傷而已，給前軍傳令，隨時聽候調遣，本府要親自出征，殺出一條血路，讓弟兄們都能回去。」

太史慈一邊說著，一邊大踏步向前跨了出去。

山前的要道上，太史享注視著鮮卑人的一舉一動，忽然聽到太史慈來了，當即吃了一驚，轉身看到太史慈面色蒼白，目光無神，急忙道：「父親，您怎麼……」

太史慈抬起手，示意太史享不要再說下去了，道：「宋憲、侯成聽令！」

宋憲、侯成二人當即抱拳道：「末將在！」

「本府命你們保護好享兒，你們親隨在本府身後，本府在前殺出一條血路，送你們出去，讓所有將士都做好準備，這是我們最後一次機會，如果衝不出去，就只有坐以待斃了。」太史慈朗聲道。

宋憲、侯成抱拳道：「諾！」

太史享則叫道：「父親……」

「閉嘴！你以下犯上，罪不容誅，念在你是保護本府的份上，且留你不死。從現在開始，削去你所有的軍職，降為士兵，待回到華夏國後，再好好的悔改吧！」

太史慈一邊說著，一邊走到太史享的面前，將自己的風火勾天戟給奪了下來，同時令手下將太史享身上的盔甲給脫下來。

太史慈重新披掛上馬，表面上絲毫沒有疼痛之狀，但是**只有他自己知道，那種痛到底有多大，可是為了自己的兒子，自己的部下，他必須這樣做**。

「上馬！」

太史慈點齊僅有的五百騎兵，這也是他最為仰仗的騎射兵，善於遠距離施行打擊，一旦近戰，其戰鬥力絲毫不遜色於任何一支部隊。

「擂鼓助威！三通鼓後，所有將士全面進攻！衝出重圍後，直奔雲中府集合！」太史慈揮舞著風火勾天戟，大聲地對部下喊道。

將是兵膽，太史慈一經露面，所有的將士都無不歡呼雀躍，大聲地喊著「威武威武」的話語，士氣再一次被提升了起來。

太史慈戴上頭盔，橫戟立馬，一拽馬韁，座下戰馬立刻發出了「希律律」一

聲長嘶，兩隻前蹄高高抬起，等到落地時，在地上砸出了一個大坑，然後健壯的四蹄開始發力向前奔跑，馱著太史慈向前衝鋒去了。

鮮卑的大單于遠遠地望去，但見華夏軍又開始向下衝鋒了，而且率領隊伍的是真正的太史慈，當即心中一喜，急忙放下望遠鏡，大聲地對左賢王說道：

「此次是太史慈親自率軍突圍，不論如何，都不要讓太史慈給跑了，生要見人，死要見屍。」

左賢王當即點頭道：「大單于放心，太史慈跑不掉的。」

鮮卑大單于叫軻悟能，乃是軻比能之弟，自從軻比能與鮮卑眾多英豪死在雁門關裡以後，軻悟能便率眾遠遁漠北，一連長達十年未曾和華夏國發生過衝突。可是軻悟能卻始終不會忘記，他的兄長軻比能是死在華夏國的手裡，所以在暗中招兵買馬，聚集了鮮卑人三十萬的雄兵，正愁沒有機會和華夏國一較高下，此次華夏國大軍西征，正好給了他一個反擊的機會，借此重創華夏國。

「放出鐵騎兵！」軻悟能看了一下戰場，當即下令道。

命令一經下達，鮮卑人便立刻向後撤，空出了一大片的空地。

太史慈正率軍衝鋒，突然見到鮮卑人這番舉動，心中疑惑不解，暗暗想道：

「鮮卑人這是怎麼了？」

還未來得及思量，便見鮮卑人的陣營裡突然出現一排排以鐵鍊鎖在一起的戰馬，每匹戰馬都披著一層馬甲，馬背上還騎著一名騎士，也都各自穿著盔甲，武裝到了牙齒，正邁著矯健的步伐向前衝鋒。

「這是……」

太史慈絕對不是第一次見到這種用鐵鍊鎖在一起的連環馬，因為這種作戰的方法最先就源於華夏國，當年華夏國開國之時，這種被外人稱為鐵浮屠的連環馬陣，成了華夏國一支壓軸的騎兵隊伍。

不過，鐵浮屠的造價實在太高，而且保養費用也很龐大，每匹戰馬都是優良的品種，要有足夠的耐力，所以華夏國至今還仍然是五千名鐵浮屠，平時也只作為儀仗隊伍來使用。

可是，眼前出現的這支鐵浮屠，讓太史慈等人都犯了難，他們以前只用過這種東西和敵人打仗，現在敵人卻反過來用這種東西來對付自己，一下子讓他們有些壓力重重。

「希律律……」

太史慈急忙勒住馬匹，看到鐵浮屠壓了過來，立刻叫道：「後退！後退！全

部後退！」

鮮卑人中間放出鐵騎，兩邊以弓手逼近，趁著太史慈所部對於鐵浮屠的畏懼，開始步步緊逼，一時間箭矢如雨，華夏國的士兵損失千餘。

太史慈一仗未戰，反而被鮮卑人的鐵騎兵給逼退了回來，不禁覺得這是一種莫大的恥辱，正在猶豫該要如何是好時，忽然宋憲指著鮮卑人背後大聲喊道：

「大將軍快看！」

太史慈急忙順著宋憲手指的方向看去，但見鮮卑人的大營被大火燒著了，火勢向外蔓延得很快，一股騎兵正在鮮卑人的背後猛烈的攻擊，打的是華夏國的旗號。

「援軍來了？」太史慈一陣狐疑，當即喊了出來。

「大將軍，沒錯，是援軍，是大將軍王的旗號，你看那個麒麟的旗幟……」侯成興奮地說道。

太史慈聽後，當即大聲喊道：「三軍聽令，援軍抵達了，我軍應該配合援軍出擊，狹路相逢勇者勝，是華夏國男兒的，都拿出你們的膽量來！」

山上被圍困的華夏國將士們因為援軍的抵達而感到很是興奮，因為他們看到了一線生機。

於是，太史慈在前，宋憲、侯成、太史享緊隨其後，各階將士們一股腦的全部朝山上衝去。

軻悟能見到後方突然起火，急忙用繳獲來的望遠鏡遠遠地望去，但見高麟一馬當先，手持方天畫戟，胯下騎著一匹火紅的大宛良馬，正在鮮卑人中左衝右突，靠近的人盡皆身亡，其中不乏有鮮卑的勇士。

軻悟能指著高麟問道：「這個小將是誰？」

「啟稟大單于，他就是**威震秦州、涼州和西域的大將軍王高麟**，是華夏國狗皇帝的第二個兒子，據說勇冠三軍，勇不可擋，堪比當年的呂布……」有知情人士當即稟告道。

軻悟能見高麟帶領的騎兵後面煙塵滾滾，黃沙曼舞，看上去沒有數十萬大軍，不會有如此陣勢，又見太史慈率領眾人正在向下衝殺，不禁喊道：「既然華夏國援軍來了，我們便退走，傳令下去，全軍撤退，撤回升龍城。」

鮮卑人雖然是在撤退，可是撤退的時候井然有序，華夏軍沒有任何可乘之機，尤其是那支鐵騎兵，更是肩負起殿後的重任，橫在那裡，任你多少軍馬也無法衝破。

二十多萬大軍，說撤就撤，撤退時，鮮卑人如同滾滾江水，一簇一簇的向後退去，逐漸消失在夕陽下。

「窮寇莫追！」高麟見到鮮卑人撤退時一點也不慌亂，立刻下令道。

高麟的援軍不過才四千人，卻用疑兵之計使得黃沙滾滾，看上去像是有源源不斷的大軍在後奔馳一樣。

鮮卑人撤走後，太史慈和高麟的兵馬合兵一處，太史慈翻身下馬，跪拜在高麟的面前，朗聲道：「罪臣太史慈，叩見大將軍王！」

高麟從馬背上跳了下來，親自將太史慈扶起，關心地道：「如果太史將軍有罪的話，那本王的罪就更大了。本王身為三軍統帥，未能做好同一調度，使得太史將軍身陷險境之中，本王救援來遲，還望太史將軍海涵！」

「王爺……」

太史慈聞言深受感動，眼裡浸滿了淚水，緊緊地握住高麟的手，不知道該說什麼好。

高麟能夠感受到太史慈的內心，當即道：「大將軍功不可沒，以十萬之眾成功的牽制了鮮卑人的三十萬之眾，讓本王和征西張將軍取得了優異的成績，這一切都源自大將軍，若沒有大將軍牽制住這三十萬之眾，西域又怎麼可能會如此順利的收服呢？客套的話就不用說了，大將軍快與我說說這鮮卑人的戰鬥力如何……」

於是眾人原地休息，高麟的部下開始分乾糧、水給士兵喝，雖然是杯水車薪，卻能解燃眉之急。

高麟則與太史慈進行詳談，從太史慈的口中得知了鮮卑人大約還有二十五萬兵力，而且大單于是軻比能的弟弟軻悟能，還知道了鮮卑人有一支鐵騎兵。

所有的問題問完後，高麟咧嘴笑了笑，對太史慈道：「大將軍，你傷勢不輕，加上又用力過度，造成傷上加上，恐怕沒有一兩個月的功夫，這傷勢是好不了啦。這樣吧，我派人送大將軍回雲中府療傷，如何？」

「不！我不能走，我還要參戰呢！」太史慈倔強的說道。

高麟根本不給太史慈機會，當即向帳外喊道：「來人，送大將軍回雲中府養傷。」

太史慈還要說些什麼，卻被高麟制止了，道：「大將軍，你不要再說了，這件事就這樣定了，一切後果由本王承擔，明日一早，便送大將軍去雲中府。」

太史慈見高麟心意已決，也不再說什麼了，只是無奈地搖搖頭道：「王爺，犬子太史享尚在軍中，武力也算不錯，王爺若有用人時，即使是上刀山下火海，

只管差遣便是。」

高麟點點頭道：「太史將軍，讓你費心了。」

話音落下，太史慈便被人抬走了。

高麟則擊鼓升帳，傳所有校尉以上的戰將，並且特地將太史享給召來，當即發號施令，待明日出征。

第二天一早，司馬懿押運的糧草輜重都到了，當下便開始埋鍋造飯，給高麟等六萬多人飽飽的吃上了一頓。

飽食之後，全軍的士氣都有了些許的高漲，高麟便趁著這個空檔，將司馬懿給喚到身邊來。

司馬懿穿著一襲墨色長袍，俊朗的面容很是儒雅。

「叩見大將軍王！」司馬懿來到高麟面前拜道。

「免禮。司馬大人，很早以前本王就久仰你的大名了，父皇一直很器重你，自然有器重你的理由，也許父皇很瞭解你的本事，所以才給了你那麼高的官職，還封你為侯，不過對本王來說，你很陌生。」

司馬懿聽了道：「司馬仲達能夠得見赫赫有名的大將軍王，真是三生有幸，我……」

「夠了！」高麟抬手打斷了司馬懿的話，說道，「這種冠冕堂皇的話，還是不說為妙，我知道你聰明絕頂，所以很想知道你是否真的如同傳聞中說的一樣。鮮卑人大約還有二十五萬駐足在升龍城，離此大約八十里；而且據本王所知，升龍城是鮮卑大單于的巢穴，你可有什麼辦法以六萬之眾剿滅這夥賊人嗎？」

司馬懿想了想，說道：「恐怕微臣要讓王爺失望了，臣暫時沒有對付升龍城的有效方法，**唯一可行的方法就是圍城！**」

「圍城？」

高麟冷笑一聲道：「這樣圍下去能圍到幾時？萬一西部的貴霜帝國出兵的話，那我們就是兩面受敵，而且根基未穩的西域也可能會反叛我國，屆時失去的遠遠比得到的多。」

司馬懿不語，只是低著頭。

高麟坐在那裡，也不吭聲了，腦子裡卻在想著什麼。

良久，高麟終於開口了，說道：

「司馬仲達，我知道你很有才華，如果沒有才華的話，我的兄長高麒又怎麼會拜你為師？我知道，你和皇兄走得很近，皇兄嫉恨我，朝廷中的傳言我也聽說

了，但是不管父皇選誰做太子，都是為了我們華夏國好。鮮卑如果不儘快一戰而定，戰事就會越拖越久，也許會使得整個國家陷入戰爭的泥潭中而無法自拔。

「我高麟不才，自恃勇力，卻無甚謀略，平時有恩師在我身邊出謀劃策，可是現在恩師不在我身邊，遍觀軍中可用之人，唯有你司馬仲達一人。我與皇兄同父異母，這是不爭的事實，但是無論是誰，身體裡流淌的都是父皇的血，請你看在父皇的面上，為我獻上一個完全之策，最好能夠一戰而定。」

司馬懿見高麟說得很是誠懇，不禁心中一軟，當即道：「王爺，司馬仲達確實沒有什麼妙計可以破敵，唯一可行的策略，只有圍城而已。但是圍城所需人力巨大，只有先在此處等待一兩日，等到征西大將軍率軍趕來，我軍再去與鮮卑人一決高下可也！」

「啪！」

一聲巨響傳來，高麟一掌將面前的几案給拍爛，几案上的東西嘩啦一聲全部掉在地上，有的還被摔得粉碎。

「司馬仲達，本王已經給足了你面子，你別敬酒不吃吃罰酒。皇兄充其量不過是個侯，我已經是王了，雖然父皇沒有冊封太子，但是這太子之位遲早都是我的。你現在為我出謀劃策，若能平定鮮卑人，日後我做了太子，自然少不了你的好處，你可別不識時務！」高麟怒道。

司馬懿朝高麟拜了拜，朗聲道：「王爺息怒，司馬仲達絕無半點虛言，要想一戰而定，並且徹底的征服鮮卑人，唯有圍城一策！王爺正在氣頭上，屬下不便打擾，就此告辭！」

「你……」

高麟見司馬懿轉身就走，分明沒給他面子，當即氣得快七竅生煙了。

高麒、高麟是高飛的長子和次子，兩人一文一武，出生時只差了那麼一會兒。

高飛為了培養自己的這兩個兒子，很早便將高麒和高麟趕出皇宮，高麒先是在司馬懿的五味書屋裡度過了幾年，之後便在徐州擔任小小的官員，一步一個腳印的向上走，遍訪名師，學習詩書禮儀、兵法等，先後參見鄉試、會試、殿試，結果連中三元，成為華夏國有史以來最年輕的狀元，也是絕無僅有的一次連中三元的人。

因為華夏國的科舉制度一次比一次完善，所以前幾屆沒有鄉試、會試，才子們都是進京趕考的。高麒文采豐富，先後歷任知縣、知府，現在是荊州知州荀攸的左膀右臂，還曾經多次出謀劃策，透過和平的方式解決了和吳國之間的爭端。

所以高飛便讓高麒留鎮東南，主要負責外交事務。

高麟則不一樣，高麟自幼天生神力，力大無窮，加上又跟隨名師學習各種兵刃，對各種兵刃樣樣精通。

當然，最厲害的還是他學到呂布方天畫戟的戟法。自從五歲出宮之後，便從未回到過洛陽，一直在西北一帶，十歲正式從軍，屢次在對西羌、西域的戰爭中奪取功勞，最後一舉榮升為西北主事，受封為大將軍王。

兩人的成長背景不同，所得到擁護的人也不同，高飛一直未曾說起過冊立太子的事，但是在高飛的諸子當中，高麒、高麟是最具資格的兩個人。所以，上到朝臣，下到地方官員，無不擇主而事，軍隊中的將軍們大多都擁護高麟，而那些地方官員卻多數擁護高麒，逐漸形成兩個不同的派系，**一個叫麒黨，一個叫麟黨。**

司馬懿是高麒的師父，自然是擁護高麒的，所以在高麟看來，司馬懿是故意不幫他。

看到司馬懿走了以後，高麟當即便寫下一封書信，派人快馬交給自己的恩師郭嘉，祈求得到一個萬全之策，並且催促張飛、郭嘉、龐統等人率領大軍迅速的趕來。

茫茫戈壁，一望無垠，華夏軍臨時搭建的軍帳綿延出好幾里，近十八萬大軍剛剛翻越過天山，現在已經是人困馬乏，都躺在軍帳裡休息去了。

中軍大營裡，亮著忽明忽暗的燈火，張飛披著羊毛大衣，圍坐在篝火邊烤火。

戈壁上的晝夜溫差極大，白天熱得人不行，到了晚上卻冷得很，加上夜裡還有寒風呼嘯，不披上厚厚的禦寒衣服，肯定會被凍死。

「王爺的信，你們都看過了吧？」

張飛已經四十多歲，飽經滄桑的他，已經沒有了昔日的暴戾，換來的是一種成熟的魅力。

他的雙眸中射出道道精光，掃視過郭嘉、龐統之後，又落在火堆上，目不轉睛的盯著那忽明忽暗的火光發呆。

郭嘉道：「王爺催促我們加快行軍，不知道大將軍如何看？」

「我軍一路行走，不避艱險，剛剛翻越過天山，現在又行走在大戈壁上，戈壁上，水是最為緊要的東西，有時候會長達數百里也不會遇見一處水源，大軍行走苦不堪言，如果再加快行軍，俺擔心這支大軍還沒有抵達目的地就會被拖垮。」張飛細細地分析道：「王爺所部都是選自大宛的良馬，可日行八百里，耐力十足，非我們所能比擬，照俺說，要抵達王爺所說的目的地，最少也需要十天。」

「十天？十天之後，恐怕王爺早已失去和鮮卑人抗衡的時間，而且王爺信中也說得很明白，太史慈所部糧草匱乏，最多能堅持兩天。張大將軍，你不是想王爺兵敗吧？」郭嘉質疑道。

「隨你怎麼說，俺只保證大軍安全抵達，如果貪功冒進，只怕會適得其反。」張飛不為所動地說道。

請續看《三國疑雲》第十五卷　反敗為勝

三國疑雲 卷14 三英爭功

作者：水的龍翔
發行人：陳曉林
出版所：風雲時代出版股份有限公司
地址：10576台北市民生東路五段178號7樓之3
電話：(02) 2756-0949
傳真：(02) 2765-3799
執行主編：朱墨菲
美術設計：吳宗潔
行銷企劃：林安莉
業務總監：張瑋鳳

初版日期：2022年9月
版權授權：蔡雷平
ISBN：978-626-7153-08-6

風雲書網：http://www.eastbooks.com.tw
官方部落格：http://eastbooks.pixnet.net/blog
Facebook：http://www.facebook.com/h7560949
E-mail：h7560949@ms15.hinet.net
劃撥帳號：12043291
戶名：風雲時代出版股份有限公司

風雲發行所：33373桃園市龜山區公西村2鄰復興街304巷96號
電話：(03) 318-1378
傳真：(03) 318-1378
法律顧問：永然法律事務所 李永然律師
北辰著作權事務所 蕭雄淋律師

行政院新聞局局版台業字第3595號 營利事業統一編號22759935

定價：290元

國家圖書館出版品預行編目資料

三國疑雲 / 水的龍翔著. -- 初版. -- 臺北市：風雲時代出版股份有限公司, 2022.03- 冊； 公分

ISBN 978-626-7153-08-6（第14冊：平裝）--

857.7 110019815